林清玄

林清玄\著

散文自选集（少年版）

河北出版传媒集团

河北教育出版社

图书在版编目（CIP）数据

　林清玄散文自选集：少年版/林清玄著.-石家
庄：河北教育出版社，2010.1（2024.3重印）
　ISBN 978-7-5434-7495-6

　I.①林… II.①林… III.①散文－作品集－中国－
当代 IV.①I267

　中国版本图书馆CIP数据核字（2009）第244317号

书　　名　林清玄散文自选集（少年版）
作　　者　林清玄
责任编辑　高群英
装帧设计　北京颂雅风文化艺术中心

出　　版　河北出版传媒集团
　　　　　河北教育出版社　www.hbep.com
　　　　　（石家庄市联盟路705号　　050061）
发　　行　北京启发世纪图书有限责任公司
印　　刷　北京盛通印刷股份有限公司
开　　本　880毫米×1230毫米　1/32
印　　张　8
字　　数　100千字
版　　次　2010年7月第1版
印　　次　2024年3月第41次印刷
书　　号　ISBN 978-7-5434-7495-6
定　　价　33.80元

自 序

还好，掉下来的不是西瓜

有一个小孩子，读到了《牛顿传》，看到牛顿坐在苹果树下，被苹果打中而发现了地心引力。

"苹果树下风水挺不错的，可以发现这么伟大的道理！我也去坐坐看，说不定也会发现什么大道理。"小孩子想着。

他随即跑到苹果树下坐着。

等了半天，苹果都没有掉下来。

他开始胡思乱想：奇怪咧！苹果树这么高，苹果却这么小，长在树上；西瓜秧这么小，西瓜却这么大，长在地上？这件事可能从未有人想过，我从这里来想，说不定能发现什么伟大的道理呢！

于是，他坐在苹果树下苦思，正在不得其解的时候，一颗苹果，正巧落在他头上。

"哎呀！好痛！"孩子捂着头，想着："原来苹果落在头上是这么痛呀！"

这个时候，孩子灵光一闪："啊！还好落下来的不是西瓜，如果是西瓜，头就不在了！"

小孩子悟到一个伟大的道理："苹果长在树上是很好的

事，西瓜长在地上也是很好的事，西瓜如果长在树上是很危险的事呀！"

万事万物各有其道，有它的优点和奥义，这个世界才会如此多娇而美好；人生也是这样，从不同处去观看智慧，才能认识更多元的价值。

酸甜苦辣，各安其位

有一个朋友，在台湾花莲的海边开旅舍，面海背山，风景非常优美。

因为地处偏远，所以大部分的青菜必须自己种植，他在山上开辟了一个菜园，种了各种蔬菜。

他最得意的是种了四种最极端的青菜：

最酸的柠檬。

最甜的甘蔗。

最苦的苦瓜。

最辣的辣椒。

　　"一开始，我把这四种蔬菜种在一起，结果每一种都长不好，后来我把四种分开种，铺了不同的土壤，使用不同的肥料，在不同时间浇水，才使四种都长好了，真是费了一番工夫！"朋友说。

　　单纯的植物都要不同的培植方法，更何况是复杂千万倍的人呢？每个人都是不同的、独立的个体，应该得到最适合他的教育、培植和尊重。

　　可惜的是，现今的教育制度，强迫我们的孩子都在同一块土地成长，纵使能够长成，我们会发现今天的孩子像植物一样，柠檬不够酸，甘蔗不够甜，苦瓜不够苦，辣椒不够辣！

　　所以，做父母的我们，不是把孩子送到学校就够了，我们要仔细关怀、体贴关照，找出孩子的特质，以补足学校教育的不足。

　　我们也要去除比较的心，让孩子有更多的自由，"你的孩子是甘蔗，甜美而笔直，我一点也不羡慕，因为我的孩子是辣椒，够辣够呛！"

　　你有你的天命，我有我的周天，只要把每个人发展到极限，使每个人都珍惜自我，发挥所长，这才是理想社会的追寻。

小小的心，大大的世界

在南京的鼓楼演讲，是浦发银行主办的。

银行经理告诉我："来听演讲的都是我们的高端贵宾，我们这次邀请的是在银行存款超过千万人民币的贵宾，他们有几个特色：一是素质高，大部分受过大学教育；二是事业做得很好，都是十年内致富；三是他们的孩子全都在外国留学，最多的是英国、美国、加拿大和澳大利亚……"

"为什么要把孩子送到国外呢？"我想到，在大陆的父母，大部分只有一个孩子，送到外国读书，一转眼就是几年时间，父母一定下了很大的决心。

经理说："在外国读书，孩子的压力较小，还可以培养国际观，现在的父母觉得国际观很重要。"

后来，我才知道经理的孩子也在国外读书。

希望孩子有国际观，这是中国父母特有的向往吧？欧洲

人、美国人、日本人的孩子就没有如此大的向往，他们也自认
不缺国际观。

国际观不只是向外追寻的，也是向内探索的，我曾走过世
界五大洲，发现许多走过很多国家的人思想僵化、事业狭窄；
我曾在很多地方遇见隐遁的高士，他们从未离开过家乡，却是
思虑清明、视见辽阔。

使用过网络的人都知道，这个世界如此同一而快速，想认
识世界的人，只在一弹指间。

但如果要探索自己的心，如实知自心，心清而喜乐，那就
是无穷无尽了。

认识幸福，比认识世界重要；关照自心，比国际观紧迫得多。

在挫折中，学习智慧

我到广州的一个大学讲学。

校长陪我漫步校园，走过一栋大楼时，他突然指着大楼
说："前几天，有一个男生从这楼顶上跳下来，砸死一个珠海

来的女学生，女学生的父母哭得死去活来！"

"男学生呢？"我问。

"男学生只受了轻伤，后来送到医院，说他砸死一个人，不想死了！"

校长告诉我，那学生只为了鸡毛蒜皮的感情事件，一时冲动，就跳下来了。

我站在男学生跳楼处的地上，仿佛还可以感受到女学生被砸到时，那种惊慌和痛苦，悲伤还残留于地，而芳魂已渺！

现在的大学生，外表像是成人了，内心却像孩子一样脆弱无助，无法承受一点点的挫折，学业、爱情、事业稍有变化，就用最惨烈的方式来逃避！

那是因为从小开始，我们只要他们努力读书，升学、升学、升学，我们没有给孩子挫折的教育、感情的教育、两性的教育。

生命的挫折和感情的离散乃是人生的必然，如果遇到挫折、遭逢离散就寻死觅活，人类早就绝灭了。

挫折，学习智慧；离散，学习成长；忍苦耐艰，人生才能显现真实的价值。

我们是不是应该除了课业，重视这重要的养成呢？

仿佛看见，自己的身影

北京的朋友叫我编一册自选集，我编完了成人的，对朋友说："我想编一本给少年的自选集。"

这本自选集希望收录学校应该教而教得不够的观念，例如重视多元的价值、尊重个性的差异、拓展国际的视野、培养关爱的能力、面对挫折的态度等等。

我自己有三个孩子，深知培养孩子的艰辛和困难，我并不期许我的孩子在课业上得第一，但我期许他们有天真的心、纯善的心、美好的心、庄严的心，能在这混浊的世界，保持清明；能在这悲伤的人间，拥有快乐。

这本自选集是我对少年的期许，不只是写给自己的孩子，而是为天下的孩子而写。

大陆和台湾的课本，不论小学、中学、大学，都编选了我的作品，新加坡、日本、美国的汉语课本，也选编了我的文章，可惜都是单课的、片段的，无法看见我作品的全貌。

编出这一册给少年的自选集，完成了我多年来的愿望，仿佛也看见自己一路行来的身影！

林清玄

2009年秋 台北双溪客居

目　录

天真的心

在被造谣时，我不着急，
因为我有自知之明。
在被误解时，我不着急，
因为我有自觉之道。
在被毁谤时，我不着急，
因为我有自爱之方。
在被打击时，我不着急，
因为我有自愉之法。
那是因为我深深地相信：
生命的一切成长，都需要时间。

巴西来的乌龟

我曾见过一只非常美丽的乌龟，壳和头尾都是翠绿色的，在翠绿色的壳上有着深咖啡色的花纹。

它的背高高地隆起，就好像是一个篮球的半圆，弧线优美光滑，一点也不像一般的乌龟那样扁平。

最奇特的是那乌龟的嘴很大，两边的线条翘起，像是一直在微笑；眼睛炯炯有神，直直对人注视，一眨也不眨。

那美丽的乌龟是在一位画家朋友的书室看见的，我对朋友说："这辈子没见过如此美丽的乌龟，可惜没有相机，下次一定要来帮它照几张相。"

朋友向我谈起这只乌龟的神奇，他在巴西旅行时，第一眼看见就爱不忍释，因为没想到世界上有这么美的乌龟，于是百般恳求，出了高价才向原来的主人购得。

但是只手才能环抱的大乌龟，重达三十公斤，怎么带回来呢？他通过了动物进出口的重重繁复检验，才用海运货柜托运回来。

"巴西到台湾的货轮开了三个月才到，我心想：万一死掉了，就做成标本。没想到开箱的时候，它还好端端的，明亮的大眼睛突然张开，吓我一大跳。"朋友说。

然后我们谈起在武侠小说中有所谓的"龟息法"，武功很高的人经过修炼，可以像乌龟一样呼吸，达到接近禅定的境界。这"龟息法"既然学自乌龟的本能，乌龟三个月不吃不喝还能存活，就不是不可理解的。

过了一个月，我去看朋友，带了相机想去拍那只乌龟，万万没想到，朋友说："乌龟死了，这是它的壳，我留下来做纪念。"

航行过万里，在木箱子靠着一息都能尚存的乌龟，怎么会死呢？

朋友说："我到南部去开展览，离开一个星期，想说不能每天喂它，离开的时候放了三把熟透的香蕉，回来后少了一把，乌龟却死了。后来找一位兽医来看，他说乌龟是撑死的，它把一大把香蕉，一口气吃完了。"

我和朋友抚摸着巴西乌龟留下来的壳，内心感慨不已。在极度的黑暗中饥寒交迫还能存活的乌龟，在翠绿的花园水池旁却因为吃得太饱而亡故了，可见困危并不全然可畏，饱足也不尽然可喜，在饱足中的节制可能比困危中的忍耐还要艰难呀！

因缘是不可思议的，因为长得太美而走向万里漂泊，最后客死异乡的巴西乌龟，如果心内有知，一定会希望自己只是一只长相平凡的乌龟。

因缘是不可思议的，希望远离忧患追求安乐的人，却很少想到忧患给人带来生的勇气，安乐使人丧失活的斗志，这只"生于忧患，死于安乐"的巴西乌龟，如果心内有知，一定也会有所启示吧！

因缘是不可思议的，巴西乌龟死了，只留下美丽的壳，仿佛它的存在只是为了这个外壳。可是生命失去了，美丽的壳对一只乌龟又有什么意义呢？人也是如此，背负着美丽的名利和权位，以为那是真实的；但是，如果没有鲜活的生命、没有深刻的生活，名利权位只是供人瞻仰的外壳，又有什么意义呢？

不只人的生死可以让我们学习，一只乌龟的生死也可以让我们深思。从朋友的工作室出来走在忠孝东路上，看到许许多多的人背着外壳在路上行走，那衣着光鲜的女士，有着什么样的内心世界？那西装革履的绅士，又有着什么样的思想和智慧呢？

这使得我有一种忧伤的心情：当人把头和四肢缩起来，缩进一个庸俗的社会化的壳里，和一只乌龟又有什么两样呢？

枯萎的桃花心木

乡下老家前面，有一块三千坪的空地，租给人家种桃花心木的树苗。

桃花心木是一种特别的树，树形优美，高大而笔直，从前老家林场种了许多，但打从我出生识物时，林场的桃花心木已是高达数丈的成林，所以当我看到桃花心木仅及膝盖的树苗，有点难以相信自己的眼睛。

种桃花心木苗的是一个高大的人，他弯腰种树的时候，感觉就像插秧一样，不同的是，这是旱地，不是水田。

树苗种下以后，他总是隔几天才来浇水，奇怪的是，他来的天数并没有规则，有时三天，有时五天，有时十几天来一次。浇水的量也不一定，有时浇得多，有时浇得少。

我住在乡下时，天天都会在桃花心木苗的小路散步，种苗木的人偶尔会来家里喝茶，他有时早上来，有时下午来，时间也不一定。

我感到越来越奇怪。

更奇怪的是，桃花心木有时就莫名地枯萎了，所以，他来的时候总会带几株树苗来补种。

我起先以为他太懒，隔那么久才为树浇水。

但是，懒的人怎么会知道有几棵树枯萎了呢？

后来我以为他太忙，才会做什么事都不按规律。

但是，忙的人怎么可能行事那么从容呢？

我忍不住问他：到底是什么时间来？多久浇一次水？桃花心木为什么无缘无故会枯萎？如果你每天来浇水，桃花心木苗应该不会这么容易就枯萎吧？

种树的人笑了，他说："种树不是种菜或种稻子，种树是百年的基业，不像青菜几个星期就可以采收。所以，树木自己要学会在土地里找水源，我浇水只是模仿老天下雨，老天下雨是算不准的，它几天下一次？上午或下午？一次下多少？如果无法在这种不确定中汲水生长，树苗很自然就枯萎了。但是，只要在不确定中找到水源、拼命扎根的树，长成百年的大树就不成问题了。"

种树的人语重心长地说："如果我每天都来浇水，每天都定时浇一定的量，树苗就会养成依赖的心，根就会浮生在地表上，无法探入地底，一旦我停止浇水，树苗会枯萎得更多。幸而可以存活的树苗，遇到狂风暴雨，也是一吹就倒了。"

种树者言，使我非常感动，想到不只是树，人也是一样，在不确定中生活的人，比较经得起生命的考验。因为在不确定中，我们会养成独立自主的心，不会依赖。在不确定中，我们深化了对环境的感受与情感的觉知。在不确定中，我们学会把更少的养分转化为巨大的能量，努力生长。

生命的法则不可能那么固定、那么完美，因为固定和完美的法则，就会养成机械式的状态，机械式的状态正是通向枯萎、通向死亡之路。

当我听过种树的人关于种树的哲学，每天走过桃花心木苗时，内心总会有某些东西被触动，这些树苗正努力面对不确定的风雨，努力学习如何才能找到充足的水源，如何在阳光中呼吸，一旦它学会这些本事，百年的基业也就奠定了。

现在，窗前的桃花心木苗已经长得与屋顶等高，是那么优雅而自在，宣告着自主的生命。

种树的人不再来了，桃花心木也不会枯萎了。

在流浪狗的眼睛里

最近，在台北市政府和市议会附近，每天都停着几辆白色货车，货车里装满了狗，几只比较巨大的和长了皮肤病的狗，则用铁链绑在货车旁边。

这些货车是保育动物人士为了流浪狗的生命权而租用的，他们反对用残忍的手段虐杀街头的野狗，因此以写满标语的货车做长期的抗议。

但是那些被装在货车里和用铁链捆绑的、被用来抗议与示威的流浪狗，并没有得到更好的待遇。它们在烈日下曝晒终日，常常还得忍受风雨；它们的尿屎既无人清理，堆置一旁的食物也发臭了。

货车四周臭气四溢，作为抗议工具的狗狼狈不堪，路过的行人只好掩鼻疾行，住在附近的民众则习惯了绕道回家。

由于放置流浪狗的货车是在我的工作室附近，每天都会路过，我总会转过去看那些浑身污泥、神情落寞、奄奄一息的流浪狗，我会在流浪狗的眼睛里看见茫然无助与悲哀。

我想到，不管我们如何对待这些狗，狗都是无辜的，它们被带到这个城市这个社会，最后流浪于街头，如果不是人的遗弃，怎么会流浪狗满街都是，到最后不得不面临捕杀的命运呢？

该抗议的应该是养狗的人！该谴责的应该是把狗遗弃的人！

街头的流浪狗是无辜的，所以它们只有一种神色来应对世界，就是冷漠与悲哀。

但是，人却有千万种，每个人看到流浪狗的态度都不同。

动物保育人士，看到流浪狗，想的是生命权。

环保工作者，看到流浪狗，想的是环境问题。

社会运动者，看到流浪狗，想的是社会问题。

嗜吃狗肉者，看到流浪狗，想的是冬天进补的香肉。

一般的市民，则是有的关怀，有的嫌恶；有的悲悯，有的痛恨……

流浪狗只是我们内心显现的一个引信吧！我们每个人看见的世界都不同，然而世界只是如实显示。看到同一件事，我们会有与他人完全不同的看法，那是因为以一件事为引信，我们所点燃的是我们的思想观点与特质。

当我们更深一层思考，在流浪狗的眼睛里，流露的是悲哀；而我们看见流浪狗的眼睛里，流露的是我们的心。这是为什么有负面思想的人，眼见的世界永远是灰色悲观的；有正向思想的人，眼见的世界则是彩色乐观的。

因此，检视我们的心是不分时地的。如果我们经常保持祝福的、宽容的、感动的、关爱的、慈悲的心，而不沦入厌恶的、瞋恚的、论断的、怨恨的、嫉妒的情绪，我们的心便会像在青色的草原中，与温柔的风一起跳舞。

这世界上的任何一件事，都深深地考验着我们的观点、思想与智慧呀！

有一次，我与朋友一起登郑成功庙，我们站在庙前的台阶上看着拥挤的城市。

朋友说："看哪！窗口里的人都在念经！"

"咦？"

朋友说："因为，家家有本难念的经啊！"

不只家家有本经，每一个人随时随地都带着一本经，这本经里记载着我们的感觉与想法，我们生命的智慧，就是由美好的感觉与超俗的思想所发展出来的。

每天，走过流浪狗的货车时，我不只看到流浪狗悲哀的眼睛，也看见了自己善于感动的心。

立刻完成的灵药

从前有一个国王，他的性子很急，对任何事情都不愿意等待。由于他的位高权重，几乎所有的事情都能达成愿望。

有一天，王后生了一个女儿，整日整夜地啼哭，使国王感到心烦。他看着因哭泣而脸皱成一团的公主，心里想着："如果我的公主能立刻长大就好了，我就可以看见她亭亭玉立美丽的样子。"

虽然在理智上他知道没有人能立刻长大，但是在情感上却非常着急，一想到要看到美丽的女儿还要经过那么漫长的时间，他更是急得难以安寝。

国王心里想："以我的权势和财富，加上国中人才济济，难道真的找不到使公主立刻长大的方法吗？如果连这样的方法都找不到，我做国王有什么意思？养一群大臣又有何用呢？"

他一想到此，就立刻下令，召集所有的大臣到宫里来，当众宣布："各位都是国中处理大事的智者，我很希望各位帮我想一个方法，让初生的公主立刻长大，不知道哪一位可以想出方法？"

大臣们面面相看，不敢相信自己的耳朵，只好据实以告："大王！我们虽然处理过许多国家大事，却从来没有听过能使婴儿立刻长大的方法呀！"

国王听了非常生气："都是一群饭桶，以我们全国的力量，难道找不到一个使孩子立刻长大的方法吗？连这小小的方法都不知道，还能处理什么重大的国事呢？限你们今天晚上就给我想出一个让婴儿立刻长大的方法，否则不准走出皇宫一步。"

大臣们个个吓得面色如土、噤若寒蝉，一句话也不敢说。其中一位年长的大臣站出来说："大王！在我国有一位最高明的医生，说不定他有立刻长大的灵药。"

国王立刻派人火速把名医请来，问名医："你是我国医术最高明的医生，不知你有没有使公主立刻长大的灵药？"

"大王，这……"名医陷入了沉思。

国王着急地说："只要你能使公主立刻长大，有任何困难，你尽管说！"

"大王，使公主立刻长大并没有什么困难。我知道在遥远的东方有这样的灵药，只要给公主服用，立刻就会长大。只是往返费时，要走很久的时间才会抵达。"名医平和地说。

国王一听，眼睛发亮，急切地问："那么，要走多久的时间呢？"

名医说："至少要十二年的时间，而且那种灵药要新鲜的时候吃才有效，所以我一定要带公主前往，摘下来立刻给公主服用，公主就会立刻长大了。"

国王欣喜若狂："太好了！太好了！只要能让公主立刻长大，就算采灵药需要走十二年的时间也值得的。"

名医于是把公主带走了。

从此，国王每天都在担心，不知道十二年后公主有没有吃到遥远东方的那种灵药。有一天正在担心时，忽然听到禀报：公主和名医回来了。

当名医走进来的时候，身边跟着青春美丽、亭亭玉立的公主，国王看了欢喜不已：公主真的吃到立刻长大的灵药了。

他立刻召集群臣，公开宣布："这位果然是我国第一名医，既知道灵药在哪，又千里迢迢带公主去吃灵药，公主确实是立刻长大了。名医真是名不虚传！"

在我年少的时候，也曾经像国王一样，希望这个世界有一种万灵丹，让我们选择人生里自己喜欢的部分。

我曾经梦想，吃了一颗万灵丹，一睡醒来，已经度过了烦人的升学与考试，从最好的大学毕业。

也曾经梦想，不必经过长途的追寻、饱受情爱的挫折，吃了一颗万灵丹，张开眼睛，已经有了这个世界上最相知相契的伴侣。

更曾经梦想，远离一切成长的痛苦，远离一切努力的奋斗，远离一切悲伤的眼泪，当我服了那立刻完成的灵药，人生已经美满，从此过着幸福快乐的日子。

很可惜这个世界上没有这样的灵药，于是，在短暂的梦想之后，我依然坐在孤灯下读书写作。在情感的追寻中，我默默承受被抛弃与背叛的痛苦。在生命成长的过程里，我也常常流下悲伤的眼泪。

经过编织美梦的少年时代，我逐渐知悉了生命并没有结局，每一个结局只是一个新过程的开始罢了，美好的过程可能带来惨痛的结局，痛苦的过程也可能带来幸福的结局。当然，过程平顺而结局圆满，是最理想的，但一时圆满不代表永远美满，只是走向一个新的起点。

我们的人生不是问答题，有时问不在答里，有时答不在问里；有的问题没有答案，有的答案远在问题之外。

我们的情感不是是非题，没有绝对的是非，因为每一个情感都是不相同、不能类比的；每一段情感都是对错交缠的，在失败的情感中，没有赢家。

可叹的是，这些对过程更深刻的认识，对人生更深密的思维，都是到饱经挫折的中年才慢慢理清的。

在我生命最困苦的时刻，也曾寻找过万灵丹，向天求告："请给我一帖灵药吧！"我曾乞灵于宗教，探寻生命的终极安顿之方；也曾炼丹于文艺，追求情爱的平息烦恼之法。

经过了差不多十年，我才发现"灵药并不在远方"，也就是正视每一个眼前的生活历程，努力地活在当下，对这一阶段的人生与情感用心珍惜。

由于对眼前、对当下的珍惜用心，才能不怨恨过去，不怀忧未来。才能在每一个过程当中努力承担，以最大的心意来生活。

在人生的历程，我不着急。我不急着看见每一回的结局，我只要在每一个过程，慢慢慢慢地长大。

在被造谣时，我不着急，因为我有自知之明。

在被误解时，我不着急，因为我有自觉之道。

在被毁谤时，我不着急，因为我有自爱之方。

在被打击时，我不着急，因为我有自愉之法。

那是因为我深深地相信：生命的一切成长，都需要时间。

软 枝 杨 桃

在乡下的荒地看到两棵野生的杨桃树，是很好的软枝品种。

杨桃树也没有辜负它的好品种，结满了累累的果实。树枝因太重的负担，低垂着头。黄熟的杨桃落了一地，遍地都是金黄，蜜蜂与果蝇在杨桃树下飞舞。

这两棵野生杨桃树的盛产使我吃惊，因为既不使用农药，也不使用肥料，杨桃树竟可以如此高大，长出如此多的果实。更使我吃惊的是，这么美好的杨桃，竟然没有人采收，也没有人愿意吃，任其凋落一地。

是不是这杨桃不好吃呢，为何没有人吃？

当我站在杨桃树下一看，就懂了。

由于未使用肥料，这杨桃比一般的杨桃瘦小，不像市场里那硕大的杨桃。

由于未使用农药，杨桃的表面多少有虫鸟咬吃的痕迹，几乎没有一个是完整的。

现代人吃惯了以肥料培育、用农药保护的水果，对这貌不起眼、有一点瑕疵的水果，当然是不屑一顾了。

　　我想起一位种水果的明堂表哥，他曾对我说："我们人自以为聪明，其实比鸟雀还笨，甚至比虫还笨。那些没有喷农药的水果，外表虽然丑一点，虫鸟都喜欢吃；那些喷了农药的水果，外表虽美，虫鸟都不会去吃，知道吃了有害健康。人只注意外表的美丑，虫和鸟却看到了更深的内在啊！"

　　明堂表哥种的水果都不用农药，在水果结实的时候，他用塑料袋一粒一粒地包起来。而在每一个果园里，他总会留下一棵树给虫鸟吃。他常说："虫鸟真是聪明呀！它们都会从熟的开始吃，所以整年水果不会断。它们吃饱就走了，不像一些偷水果的人，连生熟也分不清。"

　　我采了两大袋的软枝杨桃回家，洗干净，把虫鸟咬过的部分削去，切成丁，端出来请大家吃。

　　家人吃了都大为惊叹：这么美味的杨桃真是少见呀！

　　确实，由于没有农药与化肥的污染，杨桃的生长较为缓慢，使那软枝杨桃比市场的杨桃更坚实甜脆，滋味更为深长。

　　边吃杨桃，我边想起明堂表哥说的："虫鸟比人还聪明。"这是人的短视近利所造成的。当整个社会的人都只重视表面的好看，忽视内在的毒素之时，真正清净的生活是不可能实现的。

神 来 之 笔

看到一只紫蓝色有黄点的蝴蝶停在朱槿花上，那美，使我因为震惊而屏息了，生怕一呼吸就会惊动了美丽的存在。

我屏息而不敢惊动。蝴蝶吸饱了花蜜，自顾自地翩翩起飞，越过朱槿花与凤仙花，穿过相思林，一直到完全看不见……我才恍如从美的炫目中冷静而清醒了。

我坐在山道的石阶上仰目四望，看到山林中充满了耀眼的绿，然而在绿与绿间有着微细的变化，草绿、黄绿、翠绿、墨绿，在微细的变化中又有着和谐。在山林里，几乎看不到不协调的色彩。

紫蓝色的黄斑蝴蝶，美在炫目，焦点集中如亮钻；有着各种绿色的山，美在协调，平顺晶莹如玉。

所以，要学习色彩的美学，不应该在服装杂志和美术设计中学。因为只要是人为，一炫目，就有造作；一有创作，就陷入境界的执着。而且，大自然没有失败的作品，不会造出不美丽的花或无风姿的树，但属于人的美学作品，一经检验，便会显露败笔。

　　"俗"这个字仓颉造得真好：一个人站在山谷里，举目四望山谷的美而感叹的时候，如果观点放大，其中最突兀不能协调的就是人自己呀。

　　这样想着，心里还为飞走的蝴蝶所感动，只有神来之笔才能点绘出那样惊人的美呀。

抒情文社会

警察广播电台在父亲节前夕，举办了一项演讲比赛，对象是警察的儿女，演讲的题目是"我的爸爸是警察"。

我的一位作家朋友应邀去担任评审，结果他发现所有的小朋友谈的都是父亲的辛苦、父亲的伟大、父亲的付出，以及父亲对社会的贡献等等，一直到比赛结束，竟然没有听到一位小朋友提及父亲较软性的一面，甚至也没有小朋友谈到和警察爸爸的情感。

朋友说："本来所有最好的演讲都应该从情感出发，特别是有关于父亲的题目，从情感是最好发挥的，可惜我们的小朋友都是在议论和分析，竟没有一个人从抒情的角度出发，可见我们这个社会经过长期僵化的教育，已经变成'议论文社会'，不再是'抒情文社会'了。"

"议论文社会"的最大特色，是人人对许多问题都有强烈的意见、分析、议论，却越来越少知道如何去尊重、关怀、敬爱别人，久了以后，竟然失去了情感表达的能力，这实在是非常可悲的现象。

　　小朋友生活在"议论文社会"中，习染既深，也有了大人的习气，每个人都变得早熟、有夫子气，对事情的意见很多，但不知道如何去表达自己的爱，当然也就不知道如何抒情了。

　　朋友的见解十分深辟，使我想到从小到现在，我们在学校里盛行的所谓作文比赛、演讲比赛、辩论比赛，乃至什么模范生的选择，事实上都是荒诞的、形式主义的、虚应故事的东西。

　　以演讲比赛来说，往往被选出来参加的是功课最好、最会背书、普通话最溜的学生，他们各自把演讲稿背得滚瓜烂熟，上台的时候都有固定的语调、固定的手势，说话还卷着舌头，简直像在看样板戏一样。反过来说，如果有一个学生的普通话并不标准，但他说话很有风格、有创造力，能临场说出一席抒情的、诚恳的演说，那么这个学生肯定不会得奖，或者说，他根本没有参加演讲比赛的机会。我自己就是后面这种学生，因此我在学生生涯从未被选去参加演讲比赛。到现在我每年要作一百多场的公开演讲，有一次巡回到故乡演讲，遇到小学老师，他也来听我的演说，会后他来找我，紧紧握着我的手说："真没想到你这么会演讲呢！"

　　演讲如此，作文无不如此。现在的小学生还有一点抒情的能力，上了中学，课本里大部分是议论文，联考的作文考题也是议论文。议论文一下子搞了六年，不少中学生便冬烘化、八股化，联考的作文写得头头是道，但叫他写一封情书，往往不能畅通，如果叫他写封信给父母，也往往牛头马尾，情感无以表达。

有一回我应邀到一个作文班去做临场的指导，竟然发现小学四五年级的学生，就被指导写议论文了，当时使我不知如何是好，自然也无从指导，因为我根本就反对小学生写议论文。再好的议论文，都难免扼杀人的原创力与活泼的心灵，何况我们教孩子的又不是最好的议论文呢！

"议论"与"抒情"看来或者是小事一桩，但是久而久之，人就被定型，社会的风格也为之僵化。更严重的是，失去了表达情感与沟通的能力，失去了性情的发展与提升，这也就难怪当今的社会有些人不是杀气腾腾、冷漠无情，就是唯利是图、以物为尚了。

因此，我非常恳切地希望，我们的大人努力来共创一个"抒情文社会"，这是在救我们的孩子，也是在救我们的社会，是不是就从作文和演讲先救起呢？

快乐的思想

　　有个流浪者来到一座城市，遇到了守城的人，流浪者告诉守城的人，他离开了家乡，想搬到这座城市来。

　　"这是个怎样的城市呢？"流浪者问。

　　"你的家乡是一个怎样的城市呢？"守城的人反问他。

　　"那是个糟透了的烂地方，政府腐败，人民互相仇视，很多人失业。"流浪者愤愤地说。

　　"你会发现这个城市和你的家乡没有两样。"守城的人说。

　　流浪者听了，掉头而去。

　　过了些时候，又有一个人提着箱子要进城。

　　"这是个怎样的城市呢？"那人问道。

　　"你来自怎样的城市呢？"守城的人反问他。

　　"喔！那是个可爱的地方。"打算进城的人说，"政府勤政爱民，百姓温和友善，只可惜因为工作的关系，我必须搬到这儿来。"

　　"你会发现这个城市也一样。"守城的人答道。

　　那人于是高高兴兴地进城去了。

　　我坐在溪边读这个故事，忍不住笑了，正像这个故事一样，我们的思想正是决定我们一生的最重要关键。当我抬起头来，看到清澈的溪流潺潺流过，溪两岸的树木青翠碧绿，感觉到台湾乡间的景致多么宜人，我多么感恩能生长在这样润泽秀丽的地方。

　　这次回乡度暑假，随手带了几本在书架放了很久、没有时间看的书回来，一本是露易丝·海的《生命的重建》，一本是《如莲的喜悦》，一本是艾伦·科恩的《智慧的河流》。

　　每天，或者是带孩子到鼓山顶上游戏，或者到美浓的双溪玩水，我就随身带这几本书到山上和溪边去阅读，那种心情非常愉悦而优美，读这几本书却仿佛与老友重逢，好像随着一些简单有效的叙述，重新印证了自己长久以来的思维。

　　这三本书共同指涉的一种思维就是要有"快乐的思想"，快乐的思想乃是建立幸福人生的第一步，一个人没有快乐的思想，那么尽管用尽一切努力，可能还是会落败落空。一旦快乐的思想被建立起来，即使生活悠闲单纯，幸福乃至人间的美善都会自然地来到。

　　正如在书里的一个故事：

　　一个人走向三个砌砖的工人，问他们在做什么。第一个人回答道："我在砌砖。"

　　第二个工人回答道："我在砌一面墙。"

第三个工人带着安详与喜悦说道："我在盖一座教堂。"

有了快乐的思想，同样是在人生里砌砖，心里会多了一份喜悦、安详、庄严。

为快乐的思想砌砖，第一步是要喜爱自己，"要对自己有极大的尊重心"，以及"对自己的生命、心意、身体，有深深的感激之意"。因为"人在自暴自弃的时候，聪明的会变蠢，健康的会多病，福不至，心不灵"。快乐的思想是生命的润滑油，可以使生命运行无碍，失去快乐的思想则会百病丛生，这些，最基本的是喜爱自己。

其次，要去除"憎恨"、"批评"、"内疚"、"恐惧"四种坏习惯，也就是革除生命的负面情绪，重新学习爱与宽容。负面的情绪就有如鞭子，每想到一次就像被鞭打，那些负心背叛我们的人，曾经无情地鞭笞我们的心灵，但是他们早就过去了、离开了，我们的负面情绪则捡起他们遗留的鞭子，自己鞭打自己。因此，我们要来砌"宽容"的砖。

第三步要专注，也就是活在当下，旧的、过去的，已经影响过我们的生命，我们可以使它不再发生作用，我们可以善用当下，创造出一个崭新的生命，就像许多事物的追寻一样，精神意识的追寻必须从现在开始，我们往往因为想在"适当"的时间与"适当"的地点开始，而从未开始过。

第四步要放松，彻底的放松是使身心健康最重要的方法，"要知道所有真正属于自己的东西，并不会被他人夺去，实在大可放心"。"从宇宙观点来说，人生就是一场游戏，大地就是游戏场，每一生即是一场游戏，而目标就是觉醒与了悟，或任何我们认定的人生目标。"因为放松，我们就能放下，也能以游戏一样坦然的心来看人生。

露易丝·海是美国极著名的心理治疗师，她从来不用药物，治疗过千千万万的病人，甚至治疗了许多癌症病患，她自己在中年时罹患癌症，也是靠快乐的思想治疗的，最后我们来引用几段她的话作结尾：

"如果我们自己坚持相信下雨天是坏的一天，那么，每当下雨的时候，我们的心都会因此沉下来，人变得很不开朗。我们会抗拒这下雨的一天，而不懂得顺应此时此刻。

"事实上，天气并没有'好'与'坏'之分，天气就是天气，但若是我们把下雨天看成是'坏'，影响了情绪，下雨天便真的是'坏'了。

"一个人要得到一个快乐的生命，就先要有快乐的思想；要有一个旺盛的生命，就先要有旺盛的思想；要有一个充满慈爱的生命，就先要有充满慈爱的思想。"

喝咖啡的酪梨

住在乡下的时候，我早餐总会喝一杯咖啡，吃一个酪梨。

喝咖啡是我多年养成的习惯，在未喝咖啡之前，我是不开口说话的，等我的肠胃受到咖啡的滋润，我才会开口说第一句话。

乡下没有好咖啡，我从台北买了顶纯的蓝山咖啡，虽然价钱贵了一些，因为用量不算太大，总是忍痛购买，套一句广告词：给我蓝山，其余免谈！

为了使咖啡不失味，我还带回来一部高压萃取的咖啡机，和不会因高温转动而失去原味的磨豆机。

吃酪梨则正好和咖啡相反，我本来不吃酪梨，但是在乡下写作，发现酪梨又营养又便宜，就把它升格，从水果成为主食。

乡下的酪梨是鲜采的，比台北的好吃，我总会请市场的欧巴桑帮我挑选，依照成熟度，一次挑七八颗，每天成熟一颗，果皮由深绿转为咖啡色，就可以吃了。

欧巴桑从不失误，所以，每天清晨会有一颗刚刚熟透的酪梨等着我。

选择酪梨当早餐，也是因为简单方便，剖成两半，用汤匙挖着吃。

喝咖啡之前，我不说话；吃酪梨时，就和家人说说家常。

吃完的酪梨，会剩下一个巨大的酪梨子，有的大如拳头，我把它们一一地摆在窗边的白瓷盘上，放一点水。

隔几天，酪梨子开始抽芽，叶片翠绿、形态优美、一瞑大一寸，很快地抽到一两尺高。我看它们依序抽芽，摆在窗边就像一排绿色的梯子，真是好看极了。

不幸的是，抽到两尺左右，酪梨子的养分用尽，树苗就枯干了。

剩下最矮小的那一棵，奄奄一息，我把煮过的咖啡渣倒在种子上。

过了几天，神奇的事发生了，绿色的树叶竟然活转了，不但活转，还从叶脉上逐渐转成咖啡的颜色，叶片逐渐加深，变成咖啡色，连茎、枝、丫都成为咖啡色。

我每天把喝剩的咖啡倒在盘中，满满的一盘咖啡渣。这使我感到欣慰，喝咖啡救活了酪梨树，可见咖啡是好东西，我还可以突破一般的观念，每天多喝两杯。

早晨，我还是吃酪梨，酪梨子就随手种在围墙外三哥的农田里，果然，种子需要土地，那些酪梨都长得刚健翠绿，一个暑假就与围墙等高。

暑假结束了，我要返回台北，就把咖啡色的酪梨移植到长了许多酪梨树的三哥的田地，万绿丛中一树褐，看到的人都感到奇特、不可思议。

有人说："它会慢慢变绿的！"

有人说："这整棵褐色的树真奇怪，不知道果子是不是也是褐色的！"

人人称奇的酪梨树并不转绿，全株都是咖啡色，有人问我原因，我也说不出道理，我说："我喝了几千杯咖啡，身体也没有变色，不知道为什么，它只喝了几杯咖啡渣，身体却变成咖啡色了！"

这是六年前的事了，最近弟弟打电话给我，说酪梨树结果了，果然，果子也是咖啡色的。

"那要如何分辨是青的，还是熟的呢？"

"浅咖啡是青的，深咖啡是熟的！"弟弟说。

"有咖啡的味道吗？"

"那倒是吃不出来。"

这个世界多么神奇，酪梨在婴孩时代，以咖啡渣作养料，竟成为它生命色彩的重要元素，渲染了它的全身，从此，资质确定，不再更改，更令人觉得可亲可敬。

但是，这种神奇也是生命中的偶然，我后来用咖啡渣养过许多酪梨，就没有一棵是咖啡色的。每年回到乡下，我都会去抱抱那棵酪梨树，像是拥抱自己的孩子，现在，这孩子已经长到两层楼高了。

每有人问起，为什么这酪梨树是咖啡色？

我总说："它从小喝咖啡长大。"

我不迷惑，只是惊奇；我不探寻，只是赞美；我不质疑，只是欢喜……

这神奇的人间，我希望每天都能与美好的事相遇，每天喝蓝山咖啡的一刻，我总如是期许。

芝麻绿豆的智慧

　　住在美国的朋友，谈到有一次在纽约请客，一位犹太客人佩服得五体投地，只差没有拜他为师。

　　朋友不免为自己的手艺志得意满，问犹太人说："你觉得我的哪一道菜做得最好？"

　　犹太人说："呀！你实在太了不起了，我们犹太人吃蒜头几千年，都是用剥用切的，你用菜刀拍两下，蒜头就跑出来了。"

　　朋友说，从那一次以后，他对中国文化就大有信心！

　　不只蒜头而已，我还听过芝麻饼的故事，说有几个外国人到餐厅叫了芝麻饼，吃的时候大为惊叹："这芝麻排得密密麻麻、整齐有致，一定花了不少时间吧！"

　　确实，如果我们对事物有主、客之分，我们就很难有拿大饼来就小芝麻的创意了。

　　还有一次，我路过仁爱路的九如餐厅，发现门口围了一大群人，有一些是外国人，全部沉默到大气不敢喘的样子。

　　原来，他们是在看餐厅的师傅"摇元宵"，把一簇簇的豆泥放在盛满糯米粉的大笸上摇来摇去，半盏茶的工夫，数十粒元宵就摇成了，每一粒大小都一样，每一粒都是那么圆。

摇元宵看起来真神奇，怪不得大家都目瞪口呆，真的，第一个发明摇元宵的人一定是英明天纵的。

文化的表现有时是存在很细微的地方，从怎样剥一颗蒜头、沾一粒芝麻、摇一个元宵，就能看见文化细腻的一面呢！

不只文化这样，一个人做的任何芝麻绿豆、鸡毛蒜皮的小事也都表现了他的品质，这是佛家说的"三千威仪"与"八万细行"应该并重的原因。

芝麻、蒜头、元宵，真的都不小哩！

挑水肥的人

昔时乡间有一种专门挑水肥的人，他们每隔一星期会来家里"担肥"，也就是把粪坑的屎尿挑到田野去施肥，因此我们常会和他们在田间小路不期而遇。

小孩子贪甜恶咸，喜香怨臭，很讨厌水肥的味道，我们只要看见挑水肥的人走近，就捏着鼻子往反方向逃走，跑很远了才敢大口呼吸。

有的挑水肥的人喜欢捉弄孩子，远远地就说："香的来了，要闻香的孩子紧来喔！"那语调好像他就要挖一块分给人闻香一样。

有一次，我与爸爸同行，不巧遇到挑水肥的人，我不敢跑开，只好捏着鼻子把头别到一边去，好不容易熬到水肥的味道错身而过。

爸爸立刻叫我立正站好——每次他有什么严重的教训总是叫我们立正站好——然后他严肃地问我："为什么遇到担肥的人捏鼻子转头？"

"因为真的很臭嘛！"我委屈地说。

"他们挑肥的人难道不会闻到臭吗？"

我说："大概会吧！"

爸爸说："他们忍着臭，帮我们把水肥倒在田里，我们应该感谢他们呀！知不知道？"

我点头说："知道。"

爸爸忽然以一种十分感性的语调说："这担肥的人，在家里也是人的儿子，也是他儿子的爸爸，我们应该尊重人、疼惜人，以后你在田里遇见他们，不可以把头转开，不可以捏鼻子，知道吗？"

"可是真的很臭呀！"

爸爸说："你可以深呼吸、憋住气，等他们走过再呼吸呀！"

后来，我每次遇到担肥的人，总是深呼吸、憋住气，想到他们也是人子，也是人父，就感觉那样的憋气使我有一种庄严之感。

我后来肺活量大，可能与那深呼吸和憋气有关。

现在，父亲虽然过世了，但他那一天对我说话的情景还历历在目，讲完话，我们一起在夕阳下的田园漫步回家，田园流动着的金黄色的光到如今还照耀着我。

这世间的每一个众生，彼是人子，亦是人父，应善待之！

玫 瑰 与 刺

在为玫瑰剪枝的时候，不小心被刺刺到，一滴血珠渗出拇指，鲜红的血，颜色和盛放的红玫瑰一模一样。

玫瑰为什么要有刺呢？我在心里疑惑着。

我一边吸着手指渗出的血珠，一边想着，这作为情侣们爱情象征的玫瑰，有刺，是不是也是一种象征呢？象征美好的爱情总要付出刺伤的代价。

把玫瑰插在花瓶，我本想将所有的刺刮去，但是并没有这样做，我想到，那流入玫瑰花的汁液，也同样流入它的刺，花与刺的本质原是一样的；就好像流入毛虫的血液与流入蝴蝶的血液也是一样的，我们不能只欣赏蝴蝶，不包容毛虫。

流在爱情里的血液也是一样呀！滋润了温柔的玫瑰花，也滋润了尖锐的棘刺；流出了欢喜与幸福，也流出了忧伤与悲痛；在闪动爱的泪光中，也闪动仇恨的绿光。

但是我始终相信，真正圆满纯粹的爱情，是没有任何怨恨的，就像我们爱玫瑰花，也可以承受它的刺，以及偶然的刺伤。

接　枝

在山上看见农夫锯柿子树。

我问说："柿子树好好的，为什么要锯掉呢？"

农夫说，要把柿子树枝接在枣树上，因为枣树的树干粗壮，长出来的柿子比较好吃。

"这样长出来的柿子会不会变成枣子呢？"

农夫哈哈大笑，他说："柿子虽然只是一枝树枝，但它不忘本，永远也不会忘记自己是柿子。"

我看着那刚接上枝头的柿子树枝，想到它永远也不会忘本，年年长柿子而不长枣子，就想到，这世上有许多人甚至不如一枝柿子树枝呢！

今天的落叶

小时候，家后面有一大片树林，起风的时候，林中的树叶随风飘飞，有时会飞入厅堂和灶间。

因此，爸爸规定我们，上学之前要先去树林扫落叶，扫干净了，才可以去上学。

天刚亮的时刻起床扫落叶，是一件苦事，特别是在秋冬之际，林间的树木好像互相约定似的，总是不停地有叶子落下来。

我们农家的孩子，一向不敢抱怨爸爸的规定，但要清晨扫地，心里还是有怨的，只能用脸上的表情来表达。

有一天，爸爸正要下田工作，看到我们"面傲面臭"的样子，就把我们通通叫过去，说：

"扫地扫得这么艰苦，来！爸爸教你们一个简单的方法，以后扫地之前先把树摇一摇，把明天的叶子先摇下来，两天扫一次就好了。"

我们一听，兴奋得不得了，对呀！这么棒的想法，我们怎么从来没有想过呢？我说："爸！这么赞的方法，怎么不早说呢？"

爸爸面露微笑，扛着他的长扫刀到香蕉园去了。

第二天，我们起得比平常更早，扫地之前先去摇树，希望把明天的叶子先摇下来，摇到一半已经满头大汗，才发现原来摇树比扫地更累，特别是要把第二天的叶子摇落，真是不简单。

当我们树也摇好了，地也扫干净了，正坐在庭院里休息时，一阵风吹来，叶子又纷纷掉落，这使我们感到非常惊异：奇怪！这样的事情怎么会发生呢？

坐在一旁的哥哥说："可能是摇的力气太小的关系，明天我们更用力来摇。"

弟弟说："是呀，是呀！最好把后天的也摇下来。"

我说："如果能把七天的叶子一起摇下来，那我们一星期扫一次就好了。"

第三天，我们起得更早、更用力地摇树，希望把七天的树叶都摇下来，我们就会过着幸福快乐的日子了。

非常奇怪的是，不论我们用多大的力量摇树，第二天的树叶也不会在今天落下来，爸爸看见我们苦恼的样子，才安慰我们说："憨囝仔，一天把一天的工作做好，工作才会实在，想要一天做两天的工作，是在奢想呀！"

原来，在树林里并没有"明天的树叶"可扫，虽然，明天的树叶一定会落下来，今天能把今天的树叶扫完，也就好了。

童年扫落叶的经验给我很好的启示，我们生活中所面临的一切不也是这样吗？未来虽然有远大的梦想，活在当下、活在此刻、活在今天，才是生命实在的态度。

树林里的落叶，要在今天扫干净，明天自有明天的落叶，不必烦忧。

心灵里的烦恼、悲哀、苦痛，要在今天做个了结，明日自有明日的痛苦，就让明天的肩膀来承担吧！

从人生的最底层出发

禅宗的六祖慧能，三岁就没有父亲，与母亲相依为命，由于家境贫困，他没有进过一天学堂，连一个字也不认识。

长大以后做了樵夫，每天到深山砍柴，然后拿到市场去卖，以养活母亲。

从小孩到青年时代，慧能一点也没有特别的地方，就像在路边卖柴火的任何一个小贩一样。

有一天，慧能依旧在街边卖柴，有人来向他买柴，叫他挑到大户人家安道诚家里，他把木柴挑到堂前，收了管家的钱正要离去，突然听见安道诚在堂上念《金刚经》的声音："凡所有相，皆是虚妄，若见诸相非相，即见如来。"

慧能听了，停下脚步，因为他从来没有听过这么奇怪的语言。

"所谓佛法者，即非佛法，是名佛法。"

慧能的心里起了疑团：为什么叫做佛法的东西，就不是佛法，才叫做佛法呢？是不是也可以说："所谓木柴，即非木柴，是名木柴呢？"

他更专心地听下去："一诸菩萨摩诃萨，应如是生清净心，不应住色生心，不应住声香味触法生心。应无所住，而生其心。"

当慧能听到"应无所住，而生其心"这一句时，心里的灯好像被点着了，身心一片清明，于是，他恳求安老爷告诉他刚刚读的是什么经。

安道诚告诉他是《金刚经》，是黄梅东山的五祖弘忍大师送给他的经，因此，如果要了解《金刚经》的意思，应该去请教弘忍大师。

后来，安道诚不但送银子给慧能奉养母亲，还答应照顾他的母亲，叫他安心地去黄梅东山追随弘忍大师。

慧能到黄梅后的故事，是大家都熟知的，他从一个贫困的孤儿、不识字的白丁、砍柴为生的劳动者，最后成为禅宗的祖师，影响了整个世界。

身世与慧能相似，影响力可以与慧能相比的，是玄奘法师。

玄奘也是一个孤儿，从小到寺庙投靠已经出家的哥哥长捷法师。

隋唐之际，天下大乱，玄奘跟随哥哥走遍大半个中国，参访伟大的修行者，跟随许多师父学习，经过了十年的时间，他发现众多的师父所引据的经典都不同，以至于论点大有歧异，无所适从，因此发愿到天竺去，一方面寻找原典，一方面问惑辨疑。

二十五岁的时候，玄奘不顾皇帝的禁令，出发到天竺去，他独自一个人走过今天的中国新疆，经过土耳其、阿富汗，进入印度境内，一共走了五万多里，才到达摩揭陀国的那烂陀寺，整整走了五年。

在那烂陀寺跟着戒贤论师学习经典五年，再度出发，以十二年的时间游学印度诸国，拜见贤德的修行人，并寻求梵本佛经。

四十一岁的时候，玄奘已经名震天竺，戒日王为他在曲女城举行辩论大会，五印度的十八个国王和大小乘、婆罗门七千位法师参加，玄奘大师为论主，与印度各地的法师辩论，经过十八天，所有的人都为之折服，十八国国王在会后全部皈依做他的弟子。

四十二岁，玄奘大师带着一百五十粒的佛陀舍利，六百五十七部的佛经原典回到长安，皇帝赐号“三藏法师”，以表彰他精通经、律、论三藏，熟知所有佛教圣典。

回到中国以后，玄奘大师以十九年的时间译出七十五部一千三百三十五卷佛经，到六十三岁过世，不只全国哀悼，唐玄宗哀恸逾恒，为之痛哭罢朝三日。

玄奘大师一生的历程和译出的佛经，影响了整个亚洲的佛教思想。

谁能想象这样伟大的人，竟是一个孤儿呢？

照理说，出身贫困的人，是从人生的最底层出发，应该会想要追求权势，但慧能和玄奘都远超俗心，玄奘做了印度十八个国王的老师，为了青年时代的誓愿，十八个国王也留他不住。回国后，唐玄宗两度劝他放弃道业，辅佐国政，他说："我但愿做平凡的出家人，守住佛陀遗留的教法。"坚持不肯接受皇帝的召请。

六祖慧能也有同样的风骨，武则天、唐中宗听闻他的名声，多次派人敕书征召到皇宫相见，慧能每次都说："贫僧年老多病，不堪远行，今世只能终老山林，有负圣恩。"竟坚决不肯奉诏。

从玄奘和慧能的事迹，我们可以知道从人生最底层出发的人，也可以走到生命境界的最高层。

与玄奘、慧能一样的孤儿，唐朝还有一个伟大人物，名叫陆羽。

陆羽比玄奘、慧能更惨，他是一个弃儿，从小被人丢在河边，由竟陵禅师养大。

陆羽在寺庙长大，打扫寺庙、清洁厕所、割草修花、放牧牛群，什么杂事都做，但他独独喜欢读书和喝茶。十三岁逃出寺庙，像闲云野鹤遨游四海，品评天下的茶和水，在二十几岁就写出了《茶经》，凡是喝过他泡的茶，与他交游的人，无不倾倒。

陆羽的才学与名声，传到皇帝的耳中，下诏官拜"太子文学""太常寺太祝"，陆羽竟不肯就职，浪迹天涯数十年。

他写的《茶经》是全世界第一本介绍茶的专书，使原本在柴、米、油、盐、酱、醋、茶之末流的茶叶，进入了道之流、艺术的境界。这本《茶经》如今还深深影响着喝茶的人，甚至远传日本、韩国，陆羽就被公认为"茶圣"，死后被祭祀，称为"茶神"。

我有一次在日本的茶堂喝茶，看到堂上高高供着一位古人的塑像和一本书，便问日本朋友那是什么人。"那个人是陆羽，书是他著的《茶经》。"朋友说。

我站在那塑像前沉思感动良久，这个真正从人生最底层出发的人，竟成为被供奉的神明了。陆羽没见过父母，甚至连自己姓什么也不知道，他的"陆"姓是竟陵智积禅师俗家的姓氏，名"羽"字"鸿渐"都是长大后自己取的。

陆羽，这个名字翻成白话是"漂泊在陆地上的一根羽毛"，可见陆羽对自己的身世有着深沉的感触。

即使轻如一根羽毛，也能自由自在，不被权势与欲望左右哩！

我每次在生命的进程中受到挫折，一想到慧能、玄奘、陆羽，就觉得充满了勇气，我们从人生最底层出发的人，虽然出身贫寒，没有任何的资源，在起跑点上不如别人，但只要我们有超越的心、坚强的意志，不被物质与名利捆绑，也可以活出慧能那样超卓、玄奘那样广大、陆羽那样自由的境界。

从小人物到大丈夫，当如是也！

清白与乌黑

　　宋朝时有一位长安太守，名叫刘贡父，他在太守任内，长安的小偷横行，有一次甚至偷走了太守府的库银，虽然抓到了一批嫌犯，但是没有人认罪。

　　刘贡父非常生气，但也无法可想，经过一番思考，突然想起一个计策，他当众宣布："听说隔壁县里有一口钟，是能分辨盗贼的灵钟，眼下既然没有人承认，只好把那口钟请来了。"

　　于是，派人去邻县请了一口大钟，用黑色布幔将钟围住，当钟被请回衙前的时候，刘贡父率领太守府里的全体官员举行了隆重的祭礼，并叫所有的嫌犯在一旁观看。

　　祭礼完了，刘贡父一本正经地对嫌犯说："这就是上次我说的邻县那一口灵钟呀！只要是作案的人一摸钟，钟会立即大作；如果是清白的人摸钟，钟就不会响了。"

　　说完后，叫嫌犯们一一进入黑布幔摸钟，很奇怪的是，钟声自始至终没有响。等嫌犯全部出来以后，刘贡父叫他们排成了一列，伸出双手查验，发现只有一人的两手清白，其他人都是两手乌黑，贡父于是断定那两手清白的人是偷盗府银的小偷，那人吓得立刻俯首认罪，其他的人当场无罪开释了。

原来，刘贡父预先在那口大钟外面涂上黑墨，作案的小偷惟恐摸钟真会出声，不料反而露出马脚。

这个故事非常有名，后来经常被民间戏剧拿来运用。

有一天，我说这个故事给读小学的孩子听，孩子听了哈哈大笑，说："那个小偷也太笨了，摸钟怎么会响呢？敲钟才会响呀！"

我对孩子说："对呀，可是古代的小偷至少还有害怕因果、担心暴露的心，比起现代的小偷似乎要好多了。"

现代的小偷是什么样子呢？在电视上，从前犯案的人遇到电视镜头，至少都会低下头去，或以手遮面，担心别人看到他的面目，也担心对不起父母家人；现在犯案的歹徒，电视镜头对着他时，还能面带微笑，侃侃而谈，一点也没有羞愧的样子。没有羞愧的心，就会变得无所不为。从前犯案的人，听到主人回来了，或者官差追捕，无不落荒而逃；现在的歹徒则不逃走，反过来劫杀主人，甚至与警察作战。

孩子说："是呀！现在的坏人，如果知道有这样一口灵钟，我想会有两个反应。"

"什么反应？"我说。

"第一个反应，可能把这口钟抢来卖给古董商；第二个反应，就是带着黑星手枪或乌兹冲锋枪毁了那口钟。"

听了孩子的话，我们都哈哈大笑。

这个时代确实改变了，几乎有一点黑白不分，坏人比从前更坏，好人也没有以前纯良了。

那摸了会响的钟，其实是人的良知良心，许多人甚至不敢触摸自己心里的钟，因为怕它真的会响——当然，心灵的钟声是真的会响，只看我们愿不愿意听罢了。

让我们勇敢地来摸自己内在的钟，即使会响，即使会两手乌黑，也比那些伪装清白的人好得多了。

季节十二帖

一月——大寒

冷也到了顶点了。

高也高到极限了。

日光下的寒林没有一丝杂质，空气里的冰冷仿佛来自故乡遥远的北国，带着一些相思，还有细微几至不可辨认的骆驼的铃声。

再给我一点绿色吧，阳光对山说。

再给我一点温暖吧，山对太阳说。

再给我一朵云，再给我一把相思吧，空气对山冈说。

我们互相依偎取暖，究竟，冷也冷到顶点，高也高到极限了。

二月——立春

春气始至，下弦月是十一日的七时一分。

"如果月光开始温柔照耀的时候，请告诉我。"地底的青虫对着荷叶上的绿蛙说。

"我忙得很呢！我还要告诉茄子、白芋、西瓜、瓮菜、肉豆、荇菜，它们发芽的时间到了。"蛙说。

"那么谁来告诉我春天到来了呢？"青虫说。

"你可以静听远方的雷声，或是侍女们踏青的步声呀！"蛙说。

青虫遂伏耳静听，先听见的竟是抽芽的青草血液流动的声音。

三月——惊蛰

"雷鸣动，蛰虫皆震起而出，故名惊蛰。"

我们可以等待春天的第一声雷，到草原去，那以为是地震的蛰虫都沙沙地奔跑，互相走告：雷在春天，不知道为什么这一次打到地底来了。蚱蜢都笑起来，其实年年雷都震动地底，只是蛰虫生命短暂，不知道去年的事吧！

在童年遥远的记忆中，我们喜欢春天到草原去钓蛰虫，一株草伸入洞里，蛰虫就紧紧咬住，有如咬住春天。

童年老树下的回忆，在三月里想起来，特别有春阳一般的温馨。

四月——清明

"时万物洁显而清明，时当气清景明，故名。"

这一次让我们去看四月里温柔的草原与和煦的白云吧！因为如果过了四月的草之绿与云之白，今年就再也没有什么景色可以领略了。

但是，别忘了出发前让心轻轻地沉静下来，用一种清明的心情去观照天空与花树的对话。

我走出去，感觉被风包围，我对着一朵含苞的小黄花说："亲爱的，四月的时候不要睡着了。"

五月——小满

天空突然下起雨来，对于天上的雨我们没有拒绝的权利，我们总是默默地接受了。

站在屋檐下避雨，我想着：为什么初夏的雨总没来由地下着，这时，竟有一些些美丽的心情，好像心里也被雨湿润了，痴痴地想起，某一年，是这样的五月，也是这样突然的初夏之雨，与一个心爱的人奔过落雨的大街。

冲进屋檐下的骑楼，抬头正与一个厢壁的石雕相遇，那石雕今日仍在，一起走过雨路的人，却远了。

五月的雨，总是突然就停了。

阳光笑着，从天上跌落下来。

六月——芒种

"时可种有芒之谷，过此即失效，故曰芒种。"

坐火车飞过田野，偶尔会见到农夫正在田中插秧，点点的嫩绿在风中显得特别温柔，甚至让人忘记了那每一株都有一串汗水。

芒种，是多么美的名字，稻子的背负是芒种，麦穗的承担是芒种，高粱的波浪是芒种，天人菊在野风中盛放是芒种……有时候感觉到那一丝丝落下的阳光，也是芒种。

六月的明亮里，我们能感受到四处流动的光芒。

芒种，是深深把光芒植根，在某些特别的时候，我呼唤着你的名字，就仿佛把光芒种植。

七月——小暑

院里的玫瑰花，从去年落了以后就没有再开。

叶子倒仍然十分青翠，枝干也非常刚强，只是在落雨的黄昏，窗子结满雾气，从雾里看出，就见到了去年那个孤寂的自己。

这一次从海岸回来，意外看到玫瑰花结成的苞，惊喜地感觉自己又寻回年轻时那温婉的心情，这小小的花，小小的暑气，使我感觉到真实的自我。

泡一杯碧螺春，看玫瑰花在暑气里挣扎开放，突然听见在遥远海边带回来的涛声，一波又一波清洗着我心灵的岬角。

八月——立秋

"秋训：禾谷熟也。"

梦里醒来的时候，推窗，发现天上还洒着月光。

仿佛才刚刚睡去，怎么忽然就从梦里醒来了呢？

刚刚确实是做了梦的，我努力回想梦境，所有的情节竟然都隐没了，只剩下一个古老的、优雅的、安静的回廊，回廊里有轻浅的步声，好像一声一声地从我的心踩过。

让我再继续这个梦吧！躺下时我这样许着愿。

我果然又走进那个回廊，步声是我自己的，千回百转才走到出口，出口的地方满天红叶，阳光落了一地。

原来是秋天了，我在回廊里轻轻叹口气。

九月——白露

"阴气渐重，凝而为露，故名白露。"

几棵苍郁的树，被云雾和时间洗过，流露出一种沧桑的神色。我站在这山最高的地方下望，云一波波地从脚下流过，鸟声在背后传来，我好像也懂了站在这里的树的心情——站在最高的地方可以望远，但也要承担高的凄冷，还有那第一波来的白露。

候鸟大概很快就要从这里飞过，到南方的海边去了吧？

这时站在云雾封弥的山上，我闭上眼睛，就像看见南方那明媚的海岸。

十月——霜降

这一次我离开你，大概就不容易再见到你了。

暮色过后，我会有一个真正的离开，就让天空温柔的晚霞做最后见证，有一天再看见同样美丽的晚霞，不管站在何时何地，我都会想起你来。

霜已经开始降了，风徐徐的，泪轻轻的，为了走出黑暗的悲剧，我只好悄悄离去。

我走的时候，感到夜色好冷，一股凉意自我的心头刺过。

十一月——立冬

"冬者，终也。立冬之时向，万物终成，故名立冬。"

如果要认识青春，就要先认识青春有终结的时候。

为花的开放而欢喜，为花的凋落而感伤，这样，我们永远不能认识流过的时间，是一种自然的呈现。

在园子里紫丁香花开的时候，让我们喝春天的乌龙吧！

在群花散尽，木棉独自开放的冬日，让我们烘着暖炉，听韦瓦第，喝咖啡吧！

冬天是多么美，那枝头最后落下的一朵木棉，是绝美！

十二月——冬至

"吃过这碗汤圆，就长一岁了。"冬至的时候，母亲总是这样说。

母亲亲手做的汤圆格外好吃，尤其是在寒冷的冬夜，又和着成长的传说。

吃完汤圆，我们就全家围在一起喝热茶，看腾腾热气在冷的气候中久久不散，茶是父亲泡的，他每天都喝茶。但那一天，他环顾我们说："果然又长大一些。"

那是很多年前冬至的记忆，父亲逝世后，在冬至，我常想起他泡的茶，香味至今仍在齿颊。

纯善的心

山中何所有？岭上多白云。

只可自怡悦，不堪持赠君……

第一流人物是什么人物？

第一流人物是在清欢里

也能体会人间有味的人物！

第一流人物是在尘世间，

也能找到清欢的滋味的人物！

猫头鹰人

在信义路上，有一个卖猫头鹰的人，平常他的摊子上总有七八只小猫头鹰，最多的时候摆十几只，一笼笼叠高起来，形成一个很奇异的画面。

他的生意顶不错，从每次路过时看到笼子里的猫头鹰全部换了颜色可以知道。他的猫头鹰种类既多，大小也很齐全，有的鹰很小，小到像还没有出过巢；有的很老，老到仿佛已经不能飞动。

我注意到卖鹰人是很偶然的。一年多前我带孩子散步经过，孩子拼命吵闹，想要买下一只关在笼子里的小猫头鹰。那时，卖鹰的人还在卖兔子，摊子上只摆了一只猫头鹰，卖鹰者努力向我推销说："这只鹰仔是前天才捉到的，也是我第一次来卖猫头鹰，先生，给孩子买下来吧！你看他那么喜欢。"我这才注意到眼前卖鹰的中年人，看起来非常质朴，是刚从乡下到城市谋生活的样子。

我没有给孩子买鹰，那是因为我一向反对把任何动物关在笼子里，而且我对孩子说："如果都没有人买猫头鹰，卖鹰的人以后就不会到山上去捉猫头鹰了。你看，这只鹰这么小，它的爸爸妈妈一定为找不到它在着急呢！"孩子买不成猫头鹰，央求站在前面再看一会儿，正看的时候，有人以五百元买了那只鹰，孩子哇啦一声，不舍地哭了出来。

此后我常常看见卖鹰的人，他的规模一天比一天大，到后来干脆不卖兔子，只卖猫头鹰，定价从五百五十元到一千元左右，生意好的时候，一个月卖掉几十只。我想不通他从何处捕到那么多的猫头鹰，有一次闲谈起来，才知道台湾深山里还有许多猫头鹰，他光是在坪林一带的山里一天就能捕到几只。

他说："猫头鹰很受欢迎咧！因为它不吵，又容易驯服，生意太好了，我现在连兔子也不卖了，专卖鹰。一有空我就到山上去捉，大部分捉到还在巢中的小鹰，运气好的时候，也能捉到它们的父母……"

我劝他说："你别捉鹰了，捉鹰的时间做别的也一样赚那么多钱。"

他说："那不同咧！捉鹰是免本钱稳赚不赔的。"

对这样的人，我也不能再说什么了。

后来我改变散步的路线，有一年多没有见过卖猫头鹰的人。前不久我又路过那一带，再度看到卖鹰者，他还在同一个街角卖鹰，猫头鹰笼子仍然一个叠着一个。

当我看见他时，大大吃了一惊，那卖鹰者的长相与一年前我见到他时完全不同了。他的长相几乎变得和他卖的猫头鹰一样，耳朵上举、头发扬散、鹰钩鼻、眼睛大而瞳仁细小、嘴唇紧抿，身上还穿着灰色掺杂褐色的大毛衣，坐在那里就像是一只大的猫头鹰，只是有着人形罢了。

短短一年多的时间，为什么使一个人的长相完全不同了呢？这巨大的变化是从何而来呢？我努力思索卖鹰者面貌改变的原因。我想到，做了很久屠夫的人，脸上的每道横肉，都长得和他杀的动物一样。而鱼市场的鱼贩子，不管怎么洗澡，毛孔里都会流出鱼的腥味。我又想到，在银行柜台数钞票很久的人，脸上的表情就像一张钞票，冷漠而势利。在小机关当主管作威作福的人，日子久了，脸变得像一张公文，格式十分僵化，内容逢迎拍马。坐在电脑前面忘记人的品质的人，长相就像一台电脑。还有，跑社会新闻的记者，到后来，长相就如同社会版上的照片……

原因是这样来的吗？或者是像电影电视上演坏人的演员，到后来就长成一脸坏相，因为他打从心里一直坏出来，到最后就无法辨认了。还有那些演色情片的演员，当她们裸裎的照片登在杂志上时，我们仿佛只看到一块肥腻的肉，却不见她们的心灵或面貌了。

一个人的职业、习气、心念、环境都会塑造他的长相和表情，这是人人都知道的，但像卖猫头鹰的人改变那么巨大而迅速，却仍然出乎我的预想。我的眼前闪过一串影像，卖鹰者夜里去观察鹰的巢穴，白天去捕捉，回家做鹰的陷阱，连睡梦中都想着捕鹰的方法，心心念念在鹰的身上，到后来自己长成一只猫头鹰都已经不自觉了。

我从卖鹰者的面前走过，和他打招呼，他居然完全忘记我了，就如同白天的猫头鹰，眼睛茫然失神，他只是说："先生，要不要买一只猫头鹰？山上刚捉来的。"

这使我在后来的散步里，想起了三千年前瑜伽行者的一部经典《圣博伽瓦谭》中所记载的巴拉达国王的故事。

巴拉达国王盛年的时候，弃绝了他的王后、家族和广袤的王国，到森林里去，那是因为他相信古印度的经典，认为人应该把中年以后的岁月用于自觉。

他在森林中过着苦行生活，仅仅食用果子和根菜植物，每日专注地冥想，经过一段时间，他的自我从身中醒觉了过来。有一天他正在冥思，忽然看到一只母鹿到河边饮水，随着又听到不远处狮子的大吼，母鹿大吃一惊，正要逃跑的时候，一只小鹿从它的子宫堕下，跌入河中的急流里，母鹿害怕得全身颤抖，在流产之后就死去了。

巴拉达眼看小鹿被冲向下游，动了恻隐之心，便从河里救起小鹿，把小鹿带在自己身边。他从此和小鹿一起睡觉、一起走路、一起洗澡、一起进食，他对待小鹿就如同对待自己的孩子，自己的心念完全系在小鹿身上。

有一天，小鹿不见了。巴拉达陷入了非常焦躁的意念里，担心着小鹿的安危就像失去了儿子一样，他完全无法冥思，因为想的都是小鹿，最后他忍不住启程去寻找小鹿。在黑暗森林里，他如痴如狂呼唤小鹿的名字，他终于不小心跌倒了，受了重伤。就在他临终的时候，小鹿突然出现在他的身边，就像爱子看着父亲一样看着他。就这样，巴拉达的心念和精神全部集中在小鹿身上，他下次醒来的时候，发现自己成为一头鹿，这已经是他的下一世了。

这是瑜伽对于意念的看法，意念不仅对容貌有着影响，巴拉达因疼爱小鹿，因而沉进了轮回的转动。那么，捕捉贩售猫头鹰的人，长相日益变成猫头鹰又有什么可怪呢？

和朋友谈起猫头鹰人长相变异的故事，朋友说："其实，变的不只是卖鹰的人，你对人的观照也改变了。卖鹰者的长相本来就那样子，只是习气与生活的濡染改变了他的神色和气质罢了。我们从前没有内省，不能见到他的真面目，当我们的内心清明如镜，就能从他的外貌进而进入他的神色和气质了。"

难道，我也改变了吗？

在这个世界上，我们的意念都如在森林中的小鹿，迷乱地跳跃与奔跑，这纷乱的念头固然值得担忧，总还不偏离人的道路。一旦我们的意念顺着轨道往偏邪的道路如火车开去，出发的时候好像没有什么，走远了，就难以回头了。所以，向前走的时候每天反顾一下，看看自我意念的轨道是多么重要呀！

我们不只要常常擦拭自己的心灵之镜，来照见世间的真相；也要常常照照镜子，看看自己的长相与昨日的不同；更要照心灵之镜，才不会走向偏邪的道路。卖猫头鹰的人每天面对猫头鹰，就像在照镜子；我们面对自己俗恶的习气，何尝不是在照镜子呢？

想到这里，有一个人与我错身而过，我闻到栗子的芳香从他身上溢出，抬头一看，果然是天天在街角卖糖炒栗子的小贩。

清　欢

少年时代读到苏轼的一阕词，非常喜欢，到现在还能背诵：

> 细雨斜风作小寒，淡烟疏柳媚晴滩。
>
> 入淮清洛渐漫漫，雪沫乳花浮午盏。
>
> 蓼茸蒿笋试春盘，人间有味是清欢。

这阕词，苏轼在旁边写着"元丰七年十二月二十四日，从泗州刘倩叔游南山"，原来是苏轼和朋友到郊外去玩，在南山里喝了浮着雪沫乳花的小酒，配着春日山野里的蓼菜、茼蒿、新笋，以及野草的嫩芽等等，然后自己赞叹着："人间有味是清欢。"

当时所以能深记这阕词，最主要的是爱极了后面这一句，因为试吃野菜的这种平凡的清欢，才使人间更有滋味。"清欢"是什么呢？清欢几乎是难以翻译的，可以说是"清淡的欢愉"，这种清淡的欢愉不是来自别处，正是来自对平静的、疏淡的、简朴的生活的一种热爱。当一个人可以品味出野菜的清香胜过了山珍海味；或者一个人在路边的石头里看出了比钻石更引人的滋味，或者一个人听林间鸟鸣的声音比提笼遛鸟更感动，或者甚至于体会了静静品一壶乌龙茶比起在喧闹的晚宴中更能清洗心灵……这些就是"清欢"。

清欢之所以好，是因为它对生活的无求，是它不讲求物质的条件，只讲究心灵的品位。"清欢"的境界是很高的，它不同于李白的"人生在世不称意，明朝散发弄扁舟"那样的自我放逐；或者"人生得意须尽欢，莫使金樽空对月"那种尽情的欢乐。它也不同于杜甫的"人生有情泪沾臆，江水江花岂终极"这样悲痛的心事；或者"人生不相见，动如参与商；今夕复何夕，共此灯烛光"那种无奈的感叹。

我们活在这个世界上，有千百种人生，文天祥的是"人生自古谁无死，留取丹心照汗青"，我们很容易体会到他的壮怀激烈。欧阳修的是"人生自是有情痴，此恨不关风与月"，我们很能体会到他的绵绵情恨。纳兰性德的是"人到情多情转薄，而今真个不多情"，我们也不难会意到他无奈的哀伤。甚至于像王国维的"人生只似风前絮，欢也零星，悲也零星，都作连江点点萍"！

可是"清欢"就难了！

尤其是生活在现代的人，差不多是没有清欢的。

你说什么样是清欢呢？我们想在路边好好地散个步，可是人声车声不断地呼吼而过，一天里，几乎没有纯然安静的一刻。

　　我们到馆子里，想要吃一些清淡的小菜，几乎是杳不可得，过多的油、过多的酱、过多的盐和味精已经成为菜的特色，端出来时让人吓一跳，因为菜上挤的沙拉比菜还多。

　　我们有时没有什么事，又有心情和朋友去啜一盅茶、饮一杯咖啡，可惜的是，心情有了，朋友也有了，就是找不到地方，有茶有咖啡的地方总是嘈杂的，而且难以找到一边饮茶一边观景的处所。

　　俗世里没有清欢了，那么到山里去吧！到海边去吧！但是，山边和海湄也不纯净了，凡是人的足迹可以到的地方有了垃圾，就有了臭秽，就有了吵闹！

　　有几个地方我以前常去的，像阳明山的白云山庄，叫一壶兰花茶，俯望着台北盆地里堆叠着的高楼与人欲，自己饮着茶，可以品到茶中有清欢。像在北投和阳明山间的山路边有一个小湖，湖畔有小贩卖功夫茶，小小的茶几、藤制的躺椅，独自开车去，走过石板的小路，叫一壶茶，在躺椅上静静地靠着，有时湖中的荷花开了，真是惊艳一山的沉默。有一次和朋友去，两人在躺椅上静静喝茶，一下午竟说不到几句话，那时我想，这大概是"人间有味是清欢"了。

　　现在这两个地方也不能去了，去了只有伤心。湖里的不是荷花了，是漂荡着的汽水罐子，池畔也无法静静躺着，因为人比草多，石板也被踏损了。到假日的时候，走路都很难不和别人推挤，更别说坐下来喝口茶，如果运气更坏，会遇到呼啸而过的飞车党，还有带伴唱机来跳舞的青年，那时所有的感官全部电路走火，不要说清欢，连欢也不剩了。

要找清欢就一日比一日更困难了。

我当学生的时候，有一位朋友住在中和圆通寺的山下，我常常坐着颠簸的公车去找她，两个人便沿着上山的石阶，漫无速度地，走走、坐坐、停停、看看。那时圆通寺山道石阶的两旁，杂乱地长着朱槿花，我们一路走，顺手摘下一朵熟透的朱槿花，吸着花朵底部的花露，其甜如蜜，而清香胜蜜，轻轻地含着一朵花的滋味，心里遂有一种只有春天才会有的欢愉。

圆通寺是一座全由坚固的石头砌成的寺院，那些黑而坚强的石头坐在山里仿佛一座不朽的城堡。绿树掩映，清风徐徐，我们站在用石板铺成的前院里，看着正在生长的小市镇，那时的寺院是澄明而安静的，让人感觉走了那样高的山路，能在那平台上看着远方，就是人生里的清欢了。

后来，朋友嫁人，到国外去了。我去了一趟圆通寺，山道已经开辟出来，车子可以环山而上，小山路已经很少有人走。就在寺院的门口摆着满满的摊位，有一摊是儿童乘坐的机器马，叽里咕噜的童歌震撼半山；有两摊是打香肠的摊子，烤烘香肠的白烟正往那古寺的大佛飘去，有一位母亲因为不准她的孩子吃香肠而揍打着两个孩子，激烈的哭声尖吭而急促……我连圆通寺的寺门都没有进去，就沉默地转身离开。山还是原来的山，寺还是原来的寺，为什么感觉完全不同了？失去了什么吗？失去的正是清欢。

下山时的心情是不堪的，想到星散的朋友，心情也不是悲伤，只是惆怅，浮起的是一阕词和一首诗，词是李煜的："高楼谁与上？长记秋晴望。往事已成空，还如一梦中！"诗是李觏的："人言落日是天涯，望极天涯不见家。已恨碧山相阻隔，碧山还被暮云遮。"那时正是黄昏，在都市烟尘蒙蔽了的落日中，真的看到了一种悲剧似的橙色。

我二十岁，心情很坏的时候，就跑到青年公园对面的骑马场去骑马，那些马虽然因驯服而动作缓慢，却都年轻高大，有着光滑的毛色。双腿用力一夹，它也会如箭一般呼啸向前蹿去，急遽的风声就从两耳掠过。我最记得的是马跑的时候，迅速移动着的草的青色，青茸茸的，仿佛饱含生命的汁液。跑了几圈下来，一切恶的心情也就在风中、在绿草里、在马的呼啸中消散了。

尤其是冬日的早晨，勒着缰绳，马就立在当地，踢着长腿，鼻孔中冒着一缕缕的白气，那些气可以久久不散，当马的气息在空气中消弭的时候，人也好像得到了某些舒放了。

骑完马，到青年公园去散步，走到成行的树阴下，冷而强悍的空气在林间流荡着，可以放纵地、深深地呼吸，品味着空气里所含的元素，那元素不是别的，正是清欢。

最近有一天，突然想到了骑马，已经有十几年没骑了。到青年公园的骑马场时差一点没吓晕，原来偌大的马场里已经没有一根草了，一根草也没有的马场大概只有台湾才有，马跑起来的时候，灰尘滚滚，弥漫在空气里的尽是令人窒息的黄土，蒙蔽了人的眼睛。马也老了，毛色斑驳且失去光泽。

最可怕的是，不知道什么时候在马场搭了一个塑胶棚子，铺了水泥地，奇丑无比，里面则摆满了机器的小马，让人骑用，其吵无比。为什么为了些微的小利，而牺牲了这个马场呢？

马会老是我知道的事，人会转变是我知道的事，而在有真马的地方放机器马，在马跑的地方没有一株草则是我不能理解的事。

就在马场对面的青年公园，那里已经不能说是公园了，人比西门町还拥挤吵闹，空气比咖啡馆还坏，树也萎了，草也黄了，阳光也不灿烂了。我从公园穿越过去，想到少年时代的这个公园，心痛如绞，别说清欢了，简直像极了佛经所说的"五浊恶世"！

生在这个时代，为何"清欢"如此难觅？眼要清欢，找不到青山绿水；耳要清欢，找不到宁静和谐；鼻要清欢，找不到干净空气；舌要清欢，找不到蓼茸蒿笋；身要清欢，找不到清凉净土；意要清欢，找不到智慧明心。如果你要享受清欢，惟一的方法是守在自己小小的天地，洗涤自己的心灵，因为在我们拥有越多的物质世界，我们的清淡的欢愉就越日渐失去了。

现代人的欢乐，是到油烟爆起、卫生堪虑的啤酒屋去吃炒蟋蟀；是到黑天暗地、不见天日的卡拉OK去乱唱一气；是到乡村野店、胡乱搭成的土鸡山庄去豪饮一番；以及到狭小的房间里做方城之戏，永远重复着摸牌的一个动作……这些污浊的放逸的生活以为是欢乐，想起来其实是可悲的事。为什么现代人不能过清欢的生活，反而以浊为欢、以清为苦呢？

当一个人以浊为欢的时候，就很难体会到生命清明的滋味，而在欢乐已尽、浊心再起的时候，人间就越来越无味了。

这使我想起东坡的另一首诗来：

梨花淡白柳深青，柳絮飞时花满城。
惆怅东南一枝雪，人生看得几清明？

苏轼凭着东栏看着栏杆外的梨花，满城都飞着柳絮时，梨花也开了遍地，东栏的那株梨花却从深青的柳树间伸了出来，仿佛雪一样的清丽，有一种惆怅之美，但是，人生，看这么清明可喜的梨花能有几回呢？这正是千古风流人物的性情，这正是清朝大画家盛大士在《溪山卧游录》中说的："凡人多熟一分世故，即多一分机智。多一分机智，即少却一分高雅。""山中何所有？岭上多白云，只可自怡悦，不堪持赠君，自是第一流人物。"

第一流人物是什么人物？

第一流人物是在清欢里也能体会人间有味的人物！

第一流人物是在尘世间，也能找到清欢的滋味的人物！

贵 人 思 想

朋友时常夸赞我会买水果，买水果总比别人挑的要好吃一些。

"挑水果到底有什么秘诀呢？"朋友问。

"我从来不会挑水果，只会挑卖水果的人呀！"我说。

因为，我总是向熟识的摊子买水果，甚至很少动手去挑，只请摊贩挑选，我总是说："谢谢你呀！上次你挑的那些水果非常好，我请朋友吃，他们都赞不绝口。"

熟识的摊贩就会很细心地帮我挑水果，一直挑到他自己满意为止。

我常被他们挑水果时那专注的神情打动，心里想着："这些摊贩真的是我的贵人，如果没有他们愿意帮我，像我这么爱吃水果的人可怎么办？"

有时，他们边挑水果，边抬头问我说："林先生，你西瓜要吃脆的？还是沙的？"

有时，他们挑了半天，会向我建议："我今天的西瓜不好，你改吃哈密瓜好吗？"

有时，他们会阻止我买某一种水果，说："林桑，莲雾期已过了，又贵又难吃，你买木瓜好吗？"

我总说好，因为他们是我的贵人，而且在水果这方面，他们是专家。

只要我有水果相关的问题，他们都乐于指导，例如，挑橘子要挑肚子凹、手感沉重、表面光滑的；柳丁要选那脐部有圆形的；番茄要挑全身墨绿、中心深红的；西瓜要拍，看它的弹性；凤梨要弹，听它的肉声……

我很会挑水果了，还是请他们挑，因为他们是我的贵人。

台湾俗语说："凤梨头，西瓜尾；甘蔗头，竹笋尾。"意思是说，凤梨和甘蔗的头甜，因此要倒着吃；西瓜的尾部甜，竹笋的笋尖嫩，要懂得挑选。

我的看法是，与其选凤梨、西瓜、甘蔗、竹笋，还不如挑人，与一个小贩建立长期而深刻的友情。

因此，我行事的原则不是"对事不对人"，而是"对人不对事"。

只要我们知人善任，充分信任别人，建立好的因缘，那么，一切就会水到渠成，不必营谋、企求，人人都愿意帮我们。

我那些卖水果的贵人们，不只帮我挑选水果、算我便宜，偶尔也会留一些最好的水果卖给我，我一定会买，并深致谢意——

其实是买他们的善意。

偶尔，他们会主动送我一串葡萄、一个西瓜什么的，我就在心里向他们深深地敬礼。

飞蛾与蝙蝠

住在乡下的时候，我习惯于清晨在林间散步。

时常会发现散落在林间地上的昆虫尸体，特别是飞蛾和金龟子的尸体，总会掉落在路灯杆的四周，想必是昨夜猛烈扑火的结果。

飞蛾有着色彩斑斓的双翅，金龟子则闪着翠绿的荧光，在灰色的泥土地上令人心惊：生命是如此短暂脆弱，经过一场火祭就结束了。

"这样猛烈地扑火，甚至丧失生命，既没有奖赏，又没有欢乐，为什么它们要这样世世代代地扑火呢？"我一想到这里，就忍不住感到悲悯。

山上有一位热心的老人，每天清晨义务来清扫林间的小路。他告诉我，每日扫起的飞蛾和金龟子的尸体有一畚箕，他都把尸体埋在凤凰树下，使凤凰树每年都开出火红的花。

除了昆虫，老人说："每天还会扫到几只蝙蝠哩！"

"地上怎么会有蝙蝠呢？"

"还不是撞到树嘛！蝙蝠夜里就出来捕食蛾蚊，用声波辨路，偶有出错的时候，就撞树了。"

老人十分感慨地说，飞舞于林间的蝙蝠，时时刻刻都在避免撞到树，却偶尔会不小心撞树。同样在林间飞舞的彩蛾，却一再去扑火，直到丧命为止。眼盲的蝙蝠是多么小心翼翼，眼明的飞蛾又是多么肆无忌惮呀！

"如果蝙蝠眼亮一些，飞蛾青盲一些，那该有多好！"老人说。

我沿着老人扫过的山路回家，路上还有新扫的竹扫帚的痕迹，林间的空气散放出花草的芳香。

我想到，晚一点走这条路的人，一定不能想象，就是刚刚，地上还有许多彩色斑斓的飞蛾，还有许多金光闪闪的金龟子，为某一种不可知、不可理解的信念，撞死在林间。

或者，也有一两只不小心撞落的蝙蝠。

蝙蝠天生有弱视的盲点，使它偶然逢到生命的灾难。

飞蛾天生有扑火的习性，使它必然地扑向火焚的结局。

在偶然与必然之间，生命是这样令人叹息！如果，蝙蝠的眼睛像飞蛾那么亮，而飞蛾的习性像蝙蝠那么小心，该有多好呢！

生活在天地间的人，幸而不是蝙蝠，也不是飞蛾，但也免不了有撞树的盲点与扑火的执着，总是要经过很多次的碰撞与燃烧，才能张开眼睛、小心戒慎。

　　我们思考蝙蝠撞树和飞蛾扑火的道理，才会发现那些还在撞树和扑火的人，是多么可悯。

　　下午喝茶的时候，看着春天里璀璨的阳光，我还在想，如果蝙蝠和飞蛾都愿意在阳光下飞翔就好了。

好的孩子教不坏

　　有一回去参加有关青少年问题的座谈会，与会的专家都大谈教育问题，最后轮到我发言，我说关于教育我的看法其实很简单，只有两句话，第一句话是"好的小孩教不坏"，第二句话是"坏的小孩教不好"。

　　与会的人都大感诧异，因为既然是这样，教育就无用了，还需要教育干什么呢？

　　这两句话并不是反对教育的功能，而是说通过教育所能做的事实在非常有限，这个观点是从佛教的观点出发的，因为从因果律上看，每一个孩子投生到这世界就好像是一粒种子，种子虽小，却一切都具足了。

　　假如这一粒是榕树的种子，那么就要以榕树的特质来帮助种子的成长，但是不管多么努力照顾，榕树的可能性是：1.变成大榕树；2.变成小榕树；3.根本不发芽成长。纵使用尽一切资源，也不可能使榕树的种子成为松树，或成为现在最昂贵的红豆杉。

　　教育可以做的范围大概如此，即使再天才的教育家也不应该渴望把榕树变成松树。比较不幸的是，我们目前的教育，似乎都是在努力着，希望每一个小孩子都成为红豆杉，于是耗神费力地做改变种子特质的工作，这是因为大家都相信红豆杉才是最有价值的缘故。其实，国宝级的红豆杉固然可以做雕刻、做家具，平凡的榕树又何尝不能做风景，不能让人在庙前乘凉呢？

教育，是在使一棵红豆杉长成好的红豆杉，尽其所用；也在使一棵榕树成长为好榕树，不负其质。如果教育是使红豆杉变成榕树，或榕树长得像红豆杉，那就完全错了。

齐头式的教育，将会使许多红豆杉或榕树不能长成它们本质的样子。

只有立足平等的教育，使草木自己成长，每个人的本质才都能得以发挥。

我主张"好的小孩教不坏，坏的小孩教不好"的第二个原因，是认为教育最要紧的是唤起人内在的渴望，而不在于填塞什么内容。一个孩子如果内在的渴望被唤起，真正想为这渴望去努力，他就不容易变坏了。这渴望，就是我们幼年时代常常写的作文"我的志愿"，那志愿如果不是口号，而是了解自我本质后所确立的，渴望就产生了。

举例来说，像舞蹈家林怀民、音乐家李泰祥、电影导演侯孝贤、剧场导演赖声川、雕刻家朱铭，这些充满创造力的人物，他们的教育并没有成长为艺术家的环境，由于他们的成长动机（也就是渴望），他们走上了自我教育的道路，就比较能够成功。

反之，一个孩子的内在渴望没有被唤醒，可能造成他两个极端，一是庸庸碌碌终其一生，一是充满反社会的倾向。这就像我们不管土质，把芋仔、番薯、稻子、西瓜、松树全种在一片地上，有的就不会结果（庸庸碌碌）；有的就会破坏水土，甚至伤害别种作物的生存空间（反社会）。其实，教育的原理由大自然的生态就可以看见相通的道理。

"好的小孩教不坏，坏的小孩教不好"的第三个原因，是身教重于言教，我们要孩子有好的本质，必须自己先有好的本质，这样孩子就不至因环境的关系走上岔路。

这道理很简单，就像小的孔雀一定要养在孔雀群中，它才会知道如何学习开屏，做一只美丽的孔雀；若把孔雀养在鸡群，孔雀到后来就会像一只鸡一样，孟母三迁的道理就在于此。

因此在理论上，一个生长在大学校园的孩子，会比生长在风月场所的孩子容易有好的品质。

我把这种身教重于言教的说法，用现代一点的语言说就是"典型的确立"，或"偶像的确立"，我们的孩子如果从小有好的典型或偶像，那么纵使教育没有提供足够的资源，他依然有成就动机，成功的可能就大得多。我自己的环境就没有提供成为作家的资源，由于小时候的偶像都是诗人作家，也就自然地走向作家之路。

　　我们大致上都可以同意，关于教育，人格比学问重要，智慧比知识重要。一个孩子若有健全的人格，而且有生活的智慧，不仅他自己会过得平安快乐，也会成为社会的正面因素。如果我们教了许多有学问、有知识的人，人格不健全，生活贫血，那将是整个教育、整个社会的悲哀。

　　天下太平的线索，就是每一个人都确立了生命的好品质；可叹的是，这个社会越来越重视包装而忽视品质了。"好的小孩教不坏，坏的小孩教不好"的结论是，如果钻石被琢磨出来了，不管怎么包装，都是依然耀眼的。

刺　花

我是那样地崇拜爸爸，他仿若一座伟岸而不可即的高山。虽然他也和常年狩猎的汉子一样，有着火暴的脾气，有时一言不合，会和别人干上一架，并且在我们不听话的时候，总是一阵好打，可是我崇拜他，尤其是当黄昏他背着猎物回家的时候。

十几年的山林生活，爸爸已经成为我们山村里最出色的猎人。

爸爸狩猎的才能表现在各方面，他夕阳西下提着手电筒出去，深夜回家就带回一麻袋的兔子，他用强光照射兔子的眼睛，把那些暂时晕眩的兔子轻松地提着长耳回家。

冬天，他在深山盖了一间茅屋，屋里堆积了废弃的破棉被，在寒冷的冬日清晨，我常随爸爸去收拾那些窝在棉被中冬眠的一卷卷毒蛇，有时一天可以捕到几十斤毒蛇，使我们能过着比一般山中专门捉毒蛇的人更好的生活。

爸爸打山羌、野猪、黑熊、山猫、梅花鹿也都自有他的一套方法。

爸爸有一个打猎的好伙伴，我们称他太郎叔，是泰雅族的山胞，脸上自左至右横过鼻梁一条青蓝蓝的刺花，他世居深山的狩猎经验和勇力配合爸爸的灵思，常能打到最多的猎物。太郎叔是个孤独的山地人，他太太在生儿子的时候死去，他惟一的儿子在打猎时因不忍杀死一窝小山猪，被他赶出了家门。因为在泰雅族人的传统里，饶恕了猎物不是勇士的行为。太郎叔为此曾后悔，但他从来不提，只是偶尔在猎山猪时常不知不觉地失神了。

小学一年级我生日的时候，爸爸送我一支四点五的空气枪，并答应带我去体验一次打山猪的惊险狩猎。

那是夏季刚来、草莓刚刚收成的时候，空气中飘满了野草和泥土在阳光下蒸腾的香气，繁茂的野草在风里像波浪一样起伏，草的绿和山的苍郁交织成一个充满生命的世界。在草与山与天空间，孤鹰衬着蓝天缓缓地盘旋，松鼠在林间快乐地跳跃，远远近近都是绕来绕去的鸟声，无意间走过溪谷，满坑的蝴蝶会被步声惊飞，人便跌进彩色的飞腾的童话世界。

那是走在山路上，忍不住要哼歌跳舞的季节。

清晨，爸爸擦拭好他的猎枪，一巴掌把我从床上打醒，他的左肩和腰带上早已挂满了晶亮的子弹，他的德国制双管猎枪背在右肩上，露出擦过油的枪管。我在屋后水池漱洗时，爸爸仰天吹了一声长长的口哨，召唤我们养的七只猎狗，它们一听到爸爸的召唤，便从屋里屋外各个角落飞蹿出来，轻轻地讨好地吟吠着，爸爸一一拍打它们的额头，并爱抚地摸抓它们的颈部，然后我们便大跨步走出门口，往种满了刺竹的林中走去。

在晨风中，刺竹林发出窸窸窣窣的摩擦声，我背着水壶和我的小猎枪，踩在露气未退的泥路上，太阳还没有露脸，天却蒙蒙地亮起来了，这时，多叶的刺竹林中都是白茫茫的雾气在轻轻地流荡着，雾扑在人脸上，带着一种沁凉的甜味。

我们走过刺竹林，爸爸又吹出一声尖长的口哨，太郎叔养的两只土黄色猎狗从竹林那头奔跳过来，和我们的狗亲昵地招呼着，它们互相嗅着、舔着身体，一时，林间全是狗们兴奋的喘息声，有的在林里奔跑，有的互相扑咬着，爸爸用低沉的喉音呵斥着它们。才一会儿的时间，太郎叔健壮的多毛的双腿迈到我们面前，他穿着一条卡其短裤，上身是一件麻线织成的山地服，向两边敞开，坦露出他黑黢黢的仿佛金刚打造的精实胸膛，他手里提着一管土制猎枪，腰上悬着一个弹袋，他含蓄地微笑着对我们打招呼，脸上的青蓝色刺花全快乐地跳跃着。

然后我们一行三人，九只猎狗，开始沿着黑肚大溪的溪床浩浩荡荡地出发，那条溪床因常年的冲积，大约已有三十米宽广，全布满了从山上冲下来的卵石，中间只有细细弱弱的一带水，好似期待着夏日暴雨来时再把溪床淹没。我们走不久，朝阳就从山坳口冒了出来，原来被山挡住的光，倾盆似的扑到我们身上。

"我们大约中午以前可以抵达大毛山，如果你走快一点的话。"爸爸对我说。

"爸爸怎么知道大毛山上有山猪？"

"前几日，我和你太郎叔到大毛山打鸟，看过山猪出来讨食的痕迹，我们找到一窝山猪窟。"

"你们怎么不把它打下来？"

"就是要留给你来打呀！"爸爸说完就纵声长笑了。

"猴囝仔，打山猪又不是射兔子，一枪就翻天的。"太郎叔微笑着说。

平常我看黑肚大溪时，一直以为它是平直地延伸出去，现在我发现它不是平直的，而是顺着左右的山势曲折辗转，我们走到一个坳口以为它便是溪的源头，而一转身，它又往远方的山上盘旋上去。跑到溪岸上晒太阳的小毛蟹，一闻到我们的步声，便翻身落水，咚咚声响。

我们的猎狗则顽皮地赛跑，呼啸一阵，九只狗全飞也似的奔射出去，一直跑到剩下几个黑点在远方游动，再转眼的时间，它们又从远方驰回跟人磨蹭，伸长舌头，咧开大嘴，站在那里傻笑。

"这些狗仔冲来撞去，等一下遇到山猪要跑不动了。"我们最大的一只猎犬库路闻到爸爸的语音，亲昵地蹭过来嗅爸爸的腿脚，"去！去！"爸爸咒着。我很能了解爸爸的咒骂，他背着沉重的一身行头，我们的汗都落在溪边的石上，看到这一群猛龙活虎般的犬仔，不免有些又爱又气。

号喝一声，狗又全往前跑去。

"喏，你看，右边那座没有开垦过的山就是大毛山，我们要猎的山猪就在那山的腰边。"太郎叔指着前边告诉我，我抬头望去，大毛山高高矗立着，杂树与草把山染泼成浓密的绿色，大毛山的形状像我们课本上的剪纸，棱角分明。顺着黑肚大溪，我们竟一步一步地爬上了大毛山。

二毛山和小毛山被开垦出来以后，大毛山就成为我们这些山地人主要的猎场，长年的踩踏，竟使溪沿着山的地方被踩出了一条小路，我们到了山腰际的时候，狗们已经在山里面到处吠叫着，显出紧张与不安，爸爸低声呵斥着，狗们安静下来，伸长舌头在山腰上喘着长气。

太郎叔指着野相思树上零乱的草堆对我说："这些草都被山猪踩滚过，顺着草迹往前就是山猪窟，我们可以爬到前面的相思树上，用枪射杀山猪，比较安全。"我看着太郎叔指的地方，果然隐约有一个阴黑的山洞，洞前是繁密得几乎没有空隙的银合欢交错着，银合欢树上则开着一球球的圆形小黄花，有几只黑色的凤蝶在那里翩翩飞动。

狗们在这里特别安静。

我们蹑着足，挨到山猪窟大约二十米的地方，那里果然有几棵野生高大的相思树，太郎叔伶俐地攀上右边的相思树，爸爸抱着我爬上左边的相思树，两棵树相距十五米，正巧与山猪窟成为等边三角形，爸爸用手指示意我不要出声，轻声地说："等一下山猪出来，你就紧紧抱着这根树枝，不管怎么样，不要放手。"然后他大声地吹了口哨，叫道："库路，去！"

聪明的狗们一跃而上，就围在山猪窟前，大声而疯狂地吠叫起来，狗的叫声霎时间震响了整个山野，远远的山上还传过来凶猛的回声。我听见爸爸和太郎叔子弹上膛的声音，也把我的小猎枪举起来正对着山猪洞口。

狗叫了很长一阵子，然后一只黑乌乌的山猪像箭一般从洞中飞射出来，朝狗群奔去，猎狗们呼啸一声，全向四边逃去，山猪愤怒地奔驰了一阵，因不知要追哪一只狗而在野地里转了半天，颓然地回到洞里。

爸爸冷静地看山猪走回去，对我说："现在还不能打，要等到山猪跑得没有力气了再打，才不会让它逃回洞去。"

"狗为什么不咬它呢？"

"狗咬不过山猪的。"

正在我们交谈的时候，狗群又飞也似的从四面八方跑回来，在洞口高声叫嚣，叫得山猪忍无可忍再一度跑出来，一阵狂奔乱转，还发出喔喔的叫声，狗眨眼间就跑得看不见影子，山猪这一回追得很远，依然愤怒地走回来，它发现我们坐在树上，便疯狂地往我坐的相思树一头撞来，我哇的一声尖叫起来，爸爸一边揽着我一边说："不要怕，抱紧树枝，它撞不倒的。"我死命地抱着树，山猪一再地撞着树干，越撞力量越小，一直到气力用尽，才走回洞里。山猪的力气真大，它把对狗的愤怒全都发泄在相思树上。

狗马上又回来了，胜利地叫着，它们的迅捷和合作就像一支训练有素的军队一样。

这一次山猪走出洞口，定定地看着狗群，发出喔喔的吼声，狗们稍稍后退，和它保持着距离，也不甘示弱地吠着，忍无可忍的山猪终于又向狗群冲了过去。

爸爸和太郎叔打了手势，说："可以了。"

山猪这一次追得很远，本来在洞口的银合欢被它冲撞得东倒西歪，爸爸和太郎叔把枪口对着山猪远去的方向，我也举枪瞄准，约一盏茶的时间，无力的山猪从山下走上来，走到快到我们蹲伏的树上时，爸爸低沉地说："射！"

砰！砰！两声枪响之后，山猪便摇摇晃晃地走了几步倒在地上，我清楚地看见它的额头和肩胛涌出大量的鲜血，它倒在地上还抽动着，太郎叔又补了一枪，它很快停止挣扎。

"死了，"爸爸说，"我们吃午饭吧。"

"你，为什么不下去捉它呢？"

"山猪都是一公一母住在洞里，我们只打死母的，公的出去讨食了，它回来看到母的被打死会凶性大发，会伤人的。所以我们要等那只公的回来，一起打了。"

我想起爸爸很久以前对我说过的故事，有一次平地人到山里打猎，打了母的山猪就回去了，公的山猪发狂把山里的一间茅屋撞倒，杀了里面的一家四口，每个人肚子上都是两个透明的窟窿，肠胃流了一地，不觉吓了一身冷汗。爸爸说："山猪是有情的动物，越是有情的动物，凶性越大。"

我们开始坐在树上吃午饭，狗们跑回来在山猪身边高兴地蹭着嗅着，还抢着舔着山猪流出来的血，爸爸把准备的狗食丢下去，它们便围过来抢食。

"爸，公的山猪什么时候会回来？"

"快了，如果窟里有小山猪的话，马上就会回来；如果没有，太阳下山以前也会回来。"

"你看，里面是不是有小山猪？"

"应该有，不然母山猪不会在洞里。"

我们很快就把饭团吃完了，吃饱的狗们在地上玩耍，有几只伏在地上伸长舌头喘气，并竖起耳朵来倾听着，爸爸看着它们，怜爱地说："这些狗仔真是好。"

还不到一炷香的时间，原来坐在地上的狗惊觉地站了起来，向我们前面的方向望去，爸爸说："公山猪回来了。"

话音未落，狗们已经围着上去，叫起来，远远地一只比母山猪大一号的山猪低着头，悠闲地踱步过来，这只公山猪是深棕色的，头大身壮，嘴很长，嘴边膛露出两根白得耀眼的獠牙，它很威武地走近洞口，仿佛无视身边叫着的狗。"自大的山猪呀，今天是你葬身之日，你还在那里威风。"我突然想起布袋戏的一句口白。狗们保持距离地在山猪旁边乱叫乱跳，公山猪走到洞口，掀动鼻子，眼睛一斜，就看见血迹流满一地的母山猪，它突然"呜喔——"一声长叫，向狗群猛扑过去，机灵的狗早在它动身之际，就伸开长腿向四下散去。公山猪边追边呜叫着，在母山猪四周绕着圈子，终于无望地回到母山猪的身旁，用粗大的头颅挨着母山猪的身体摩擦，呜呜哀叫，叫声凄厉，听得我整个胸腔都浮动起来。

哭叫一阵，它抬头看见太郎叔藏身的地方，用它又长又尖的利牙向相思树没命地撞去，太郎叔紧紧抱着那棵树，树在强大的撞击下，像台风天一样地摇动着，树叶像雨一样落了满地，它每撞一回，相思树干上就露出两个明显的伤口。"这公山猪死了老婆，气疯了。"爸爸说着，举枪对准那头山猪。

狗们又跑来挑逗它了，胆大的库路甚至还咬了它一口，山猪又开始追逐那一群它明知追不上的猎狗，转了很大的一圈，它又折回来在母山猪的身侧哀鸣，它无助地把头埋在母山猪的胸前，爸爸叫："射！"

又是砰砰两声，这一次两枪都打中头部，鲜血翻涌，它抽搐两下就倒在血泊里，再也不动。它的身体正好压在母山猪的身上，一地都是鲜血。

我们从树上下来，才发现太郎叔的那棵树下落了一地的树皮，太郎叔说："没看过这么猛的山猪，大概有一百多斤。"我们走过去检视那两只山猪，山猪的细长眼都翻着白眼，不肯瞑目。"果然有两只小山猪。"我们走到洞口，两只小狗一样大的小山猪正在洞里的一角蠕动着、哀叫着。太郎叔把枪举起来对准那两只小山猪，意外地，他并没有开枪，颓然地放下双手说："捉回去养吧！"爸爸和我默默对视，我们心里知道，他又想起了他离家的儿子。

太郎叔砍来一枝粗大的相思树丫，把两头山猪的脚绑起来穿过树枝，两个大人就抬着山猪回家，我背着小空气枪，才想起今天一天都没有打。

我们便在小山猪的哀鸣声和狗的戏耍里，一路无言地在斜阳的光辉里走回家。

在山上，打倒一窝山猪是一件了不得的大事，我们雇的几个伐木工人，和帮我们看山的阿火叔一家四口都来庆祝。我们就在家屋的庭院里升起火堆，把那只母山猪烤来吃，公山猪则腌制起来，准备过冬。

山上的夏夜是迷人的，空山里一片静寂，只有四周伴随着蛙虫鸣声，大家叫着、笑着，互相谈论自己打猎的英勇事迹。正当大人喝酒喝得有几分醉意的时候，我看见屋后有个人影闪动了一下。

"爸，有人。"

"哪来的人？"

"我好像看到屋后有一个人。"

爸爸警觉地拾起一根竹棒站起来，嘀咕着："会不会是盗林的山贼？"我随着爸爸走到屋后，果然有一个人躲在那里，爸爸大声吆喝："谁？"声音刚喊出来，他就认出那是太郎叔的儿子："阿雄仔，你回来，怎么躲在屋后，不到前面来？"

"阿伯，我阿爹……"

"你阿爹，早就原谅你了。"

爸爸便拉着阿雄哥走到屋前，边走边叫："太郎，你看谁回来了？"

太郎叔走过来抱住阿雄哥，父子俩对看了一番，他说："我今天才捉了两只小山猪要给你养哩！"然后便纵声大笑，声音响遍了空山。

那是一个难忘的晚上，狂欢的气氛弥漫了整个山区，太郎叔脸上青蓝蓝的刺花映着火光跳动的影像，经过几十年了，还刻写在我童年的一页日记里。

活 珍 珠

在夏威夷的夜间市场，有一些卖活珍珠的摊子。

摊子上摆一个木桶，桶中有水，水里都是珍珠贝，每个珍珠贝卖七美元，由观光客自己挑选。

珍珠贝选好后，小贩把珍珠贝挖开，当场摸出一粒珍珠，就好像开奖一样，运气好的摸到很大的珍珠，旁边的人就会热烈地鼓掌。

小贩说，这些珍珠都是同一时间种在海里的，但有的很大，有的很小，有的很圆，有的歪歪扭扭，连种珍珠的人也不知道原因何在。

由于挖活珍珠贝实在很残忍，我很快就离开了，想到那种在珍珠贝里的砂石会长出不同的珍珠，在人间的生活也是一样，同样受伤与挫折，总有一些人能长出最美、最大的珍珠。

人也要像珍珠贝一样，养成重塑伤口的本事，转化生命的创伤，使它变成美丽的珍珠。

人生的伤痛就是活的珍珠，能包容，就能焕发晶莹的光彩；不能转移，就加速了死亡的脚步。

蝴蝶的种子

我在院子里，观察一只蛹，如何变成蝴蝶。

那只蛹咬破了壳，全身湿软地从壳中钻了出来，它的翅膀卷曲皱缩成一团，它站在枝丫上休息晒太阳，好像钻出壳已经用了很大的力气。

它慢慢地、慢慢地，伸直翅膀，飞了起来。

它在空中盘桓了一下子，很快地找寻到一朵花，它停在花上，专注、忘情地吸着花蜜。

我感到非常吃惊，这只蝴蝶从来没有被教育怎么飞翔，从来没有学习过如何去吸花蜜，没有爸爸妈妈教过它，这些都是它的第一次，它的第一次就做得多么精确而完美呀！

我想到，这只蝴蝶将来还会交配、繁衍、产卵、死亡，这些也都不必经由学习和教育。

然后，它繁衍的子孙，一代一代，也不必教育和学习，就会飞翔和采花了。

一只蝴蝶是依赖什么来安排它的一生呢？未经教育与学习，它又是如何来完成像飞翔或采蜜如此复杂的事呢？

这个世界不是有很多未经教育与学习就完美展现的事吗？鸟的筑巢、蜘蛛的结网多么完美！孔雀想谈恋爱时，就开屏跳舞！云雀有了爱意，就放怀唱歌！天鹅和鲑鱼历经千里也不迷路；印度豹与鸵鸟天生就是赛跑高手。

这些都使我相信轮回是真实的。

一只蝴蝶乃是带着前世的种子投生到这个世界，在它的种子里，有一个不可动摇的信念：

"我将飞翔！我将采蜜！我将繁衍子孙！"

在那只美丽的蝴蝶身上，我看到空间的无限与时间的流动，深深地被感动了。

不南飞的大雁

在加拿大温哥华，朋友带我到海边的公园看大雁。

大雁的身躯巨大出乎我的意料，大约有白鹅的四倍。那么多身体庞大的雁聚在一起，场面令我十分震慑。

朋友买了一些饼干、薯片、杂食，准备在草地上喂食大雁，大雁立刻站起来，围绕在我们身边。那些大雁似有灵性，鸦鸦叫着向我们乞食。

朋友一面把饼干丢到空中，一面说："从前到夏天快结束时，大雁就准备南飞了，它们会在南方避寒，一直到隔年的春天才飞回来，不过，这里的大雁早就不南飞了。"

为什么大雁不再南飞呢？

朋友告诉我说，不知道从什么时候开始，人们在这海边喂食大雁，起先，只有两三只大雁，到现在有数百只大雁了，数目还在增加中。冬天的时候，它们躲在建筑物里避寒，有人喂食，就飞出来吃，冬天也就那样过了。

朋友感叹地说："总有一天，全温哥华的大雁都不会再南飞了，候鸟变成留鸟，再过几代，大雁的子孙会失去长途飞翔的能力，然后再过几代，子孙们甚至完全不知道有南飞这一回事了。"

我抓了一把薯片丢到空中，大雁啾啾地过来抢食。我心里百感交集，我们这样喂食大雁，到底是对的，还是错的？如果为了一时的娱乐，而使雁无法飞行、不再南飞，实在是令人不安的。

已经移民到加拿大十七年的朋友说，自己的处境与大雁很相像，真怕子孙完全不知道有南飞这一回事，因此常常带孩子来喂大雁，让他们了解，温哥华虽好，终非我们的故乡。

"你的孩子呢？"

"现在都在高雄的佛光山参加夏令营呢！"朋友开怀地笑着。

我们把东西喂完了，往回走的时候，大雁还一路紧紧跟随，一直走到汽车旁边，大雁才依依不舍地离去。

不南飞的大雁，除了体积巨大，与广场上的鸽子又有什么不同呢？一路上我都在想着。

鲑 鱼 归 鱼

朋友开车带我从西温哥华到北温哥华，路过一座大桥，特别停车，步行到桥上看河水。

河水并无异样，清澈悠然地穿过树林。

"到秋天的时候来看，这条河整个变成红色，所以本地人也叫做血河。"朋友说。

原来，到每年九月的时候，海里的鲑鱼开始溯河而上，奋力游到河的上游产卵。鲑鱼的头是翠绿色，背部是蓝灰色，腹部是银白色，但是一到产卵季溯溪上游的时候，全身都会转变成红色，越来越红，红得就像秋天飘落的枫叶一样。

在拥挤向上游的过程，一些鲑鱼会力尽而死在半途；一些会皮肤破裂，露出血红的肉来；还有一些会被沿途鸟兽吃掉；最终能到上游产卵的只是极少数。

虔信佛教的朋友说，他第一次到河边看鲑鱼回游，见及那悲壮激烈的场面，看到枫与血交染的颜色，忍不住感动得流下泪来，如今站在河水清澄的桥面上，仿佛还看到当时那撼人的画面。

鲑鱼为什么从大海溯溪回游？至今科学家还不能完全解开其中的谜。

但是，我的朋友却有一个浪漫感性的说法，他说："鲑鱼是在回故乡，所以鲑鱼也可以说是归鱼。"

鲑鱼是在河流的水源地出生，在它成长的过程中不断地游向大海，虽然在海中也能自由地生活，但在最后一季总要奋力地游回故乡，在淡水中产卵，乃至死亡。初生的鲑鱼在河中并没有充足的食物，因此初生时是以父母亲的尸体为食物而长大的。

朋友说："可惜你不是秋天来温哥华，否则就可以看到那壮丽的场面。"

我虽然看不见那壮丽的场面，光凭想象也仿佛亲临了。

不只是鱼吧！凡是世间的有情，都不免对故乡有一种复杂的情感，在某一个时空呼唤着众生的"归去"，只是很少众生像鲑鱼选择了那么壮烈、无悔、绝美的方式。

我们在鲑鱼那回乡的河流中，多少都可以照见自己的面影吧！

海狮的项圈

旧金山的渔人码头，有一处海狮聚集的地方，游客只能远距离地观赏，码头上贴着布告："此处码头属美国海军所有，喂食、丢掷或恐吓海狮，移送法办。"

美国在保护野生动物这方面，确实是先进国家，连"恐吓"动物都会被法办哩！

正出神观看海狮的时候，一群小孩子吱吱喳喳地走到码头，由两位年轻的女老师带领，原来是幼稚园的老师带小朋友来看海狮，户外教学。在码头边的大人纷纷把最佳的观赏位子让出来给小朋友——在礼让和疼惜老弱妇孺这方面，美国也是先进国家。

我听到幼稚园的老师对小朋友说："你们有没有看到右边那只海狮脖子上有一个圈？"

"有！"

"那不是它的项链，而是它的伤痕，这只海狮小时候在海里玩，看到一个项圈，它就钻进去玩，没想到钻进去就拿不出来，小海狮一直在长大，项圈愈来愈紧，就陷进肉里，流血、痛苦，就在它快被勒死前被发现了，把线圈剪断才救了它。"

小朋友听得入神，脸上都露出十分痛苦的表情。

"所以，你们以后千万不要乱丢东西到海里，可能会害死一只海狮。"

老师带着小朋友走了。

我在清晨的渔人码头深受感动，这就是最好的教育，但愿我们的老师也都能这样教育孩子。

海狮的项圈是无知与野蛮的项圈，我们的许多大人都戴着这样的项圈而不自知。我们要教孩子懂得疼惜与关爱众生，就要先取下我们无知与野蛮的项圈呀！

吉 祥 鸟

到加拿大温哥华，走出温哥华机场，看到机场的停车场有许多乌鸦，甚至停在车顶上，见到人也不怕生，呀呀地叫，绕在人的身边飞。来接飞机的朋友看我露出讶异的神情，笑着说："加拿大的乌鸦最多了，加拿大人把乌鸦当成吉祥的鸟。"

"为什么呢？"

"因为乌鸦很聪明，很讨人喜欢，声音也很好听，又能维持生态的平衡，乌鸦也是极少数会反哺的鸟。"

我看着已经归化加拿大籍的朋友，真是难以想象，在他们的眼中乌鸦就好像我们眼中的喜鹊一样。在中国人眼中是凶鸟的乌鸦，在加拿大人眼中却是吉祥鸟，可见这个世界上事物的价值是因人而异的，如果改变了我们的偏见，事物的价值就改变了。

就像我在加拿大的那些日子，几乎天天都看到乌鸦，越看越发现乌鸦很好看，声音也很好听，飞起来也很优美，一副吉祥的样子，好像穿黑礼服的绅士。

对呀！那象征凶事的、不吉祥的是我们的心，与乌鸦有什么相干呢？

吹冷气的狗

路过一家银行门口，发现银行前面蹲着五只狗。

我立刻就感到迷惑了，狗应该去蹲在面摊呀，为什么一起蹲在银行的门口呢？

更令我迷惑的是，那五只狗的脸上都流露出非常幸福的表情。狗为什么会这么幸福呢？我想到要了解狗幸福的原因，就是去与狗蹲在一起。

于是，我跑去和那五只狗蹲在一起，五分钟以后，就知道它们幸福的原因了。

原来银行的门很大，进出的人很多，只要有人站在银行的自动门前，自动门就会打开，冷气就从里面喷出来。

呀！在这么热的天气，能在银行门口吹冷气是多么幸福的事！

呀！原来在野狗的内心里，也有着对生命幸福的向往！离开银行门口时，我感到有些怅惘，这些狗虽然知道追求生命的幸福，但它们自己不能做主，它们不能在家里装冷气。我们作为一个人，能自主地追求更幸福的生活，是多么的幸运。

　　我回头看着那些狗幸福的表情，心里有某一些温柔的部分被触动，我们不只要珍惜自己的生活，也要珍惜每一个众生。

　　因为，我们的心就是众生的心，众生的渴求也就是我们的渴求。

吸引金龟子

吃哈密瓜的时候，我对孩子提起童年时代如何抓金龟子的事。

我们把吃剩的果皮拿到树林或稻田，或放在庭院的角落，到黄昏的时刻，就会有许多不知从何处赶来，闪着绿光、黄光和蓝光的金龟子，它们密密麻麻紧紧吸在果皮上，我们常常一口气就抓到几十只金龟子。

然后，我们在金龟子的身上画了记号，带到更远的地方去放飞，看着闪着光芒的金龟子在空中逸去。

第二天，往往会发现一些昨日做了记号的金龟子飞回来，停在果皮上。

"我童年的时候就很疑惑，金龟子是如何在遥远广大的田园辨路，穿过树林而飞回的呢？"我对孩子说。

孩子眼睛一亮，说："爸爸，我们为什么不在阳台上放一些果皮，来吸引金龟子呢？"

"这怎么可能，这里是城市，我们的阳台又在十五楼，金龟子住在林间，怎么可能飞来呢？"我说。

"试试看嘛！试试看嘛！"孩子央求着。

好！我们就把正在吃的哈密瓜连皮留下来，放在十五楼阳台的花盆树下。

第二天早上起床的时候，发现有四只金龟子正忘情地吮吸着哈密瓜的果皮，两只是黄金色，两只是绿金色。

孩子和我都惊讶极了，这些金龟子是如何从山林飞过广大的城市，找到阳台上的这一只哈密瓜呢？它们究竟是具备了什么样的能量呢？

我想到，在一些微小的众生之中，其实也隐藏着更广大、更深刻、更细腻的心，只是我们看不见罢了。

我们把那四只金龟子做了记号，带到别处去放飞，但是金龟子再也没有飞回来。

我们好几次把果皮放在阳台，总有各式各样的金龟子从四面八方飞来，可是那画了彩色笔记号的金龟子再也未曾回来过。

孩子非常失望。

我安慰孩子说："城市到底不是树林，城市不是金龟子的家呀！"

说的时候，我感觉这句话是对自己说的，而那做了记号的金龟子，是从故乡的记忆中飞来，又带着我的乡愁，飞向不知名的所在！

咬舌自尽的狗

　　有一次，带家里的狗看医生，坐上一辆计程车。

　　由于狗咳嗽得很厉害，吸引了司机的注意，反身问我："狗感冒了吗？"

　　"是呀！从昨晚就咳个不停。"我说。

　　司机突然长叹一声："唉，咳得和人一模一样呀！"

　　话匣子一打开，司机说了一个养狗的痛苦经验：

　　很多年前，他养了一条大狼狗，长得太大了，食量非常惊人，加上吠声奇大，吵得人不能安宁，有一天觉得负担太重，不想养了。

　　他把狼狗放在布袋里，载出去放生，为了怕它跑回家，特地开车开了一百多公里，放到中部的深山。

　　放了狗，他加速逃回家，狼狗在后面追了几公里就消失了。

　　经过一个星期，一天半夜听到有人用力敲门，开门一看，原来是那只大狼狗回来了，形容枯槁，极为狼狈，显然是经过长时间的奔跑和寻找。

　　计程车司机虽然十分讶异，但是他二话不说，又从家里拿出布袋，把狼狗装入布袋，再次带去放生，这一次，他从北宜公路狂奔到宜兰，一路听到狼狗低声号哭的声音。

到宜兰山区，把布袋打开，发现满布袋都是血，血还继续从狼狗的嘴角流溢出来。他把狗嘴拉开，发现狼狗的舌头断成两截。

原来，狼狗咬舌自尽了。

司机说完这个故事，车里陷入极深的静默，我从照后镜里看到司机那通红的眼睛。

经过一会儿，他才说："我每次看到别人的狗，都会想到我那一只咬舌自尽的狗，这件事会使我痛苦一辈子，我真不是人呀！我比一只狗还不如呀！"

听着司机的故事，我眼前浮现那只狼狗在原野、在高山、在城镇、在荒郊奔驰的景象，它为了回家寻找主人，奔跑百里，不知经历过多么大的痛苦，好不容易回到家门，主人不但不开门，连一句安慰的话也没有，立刻被送去抛弃，对一只有志气有感情的狗是多么大的打击呀！

与其再度被无情无义的人抛弃，不如自求解脱。

司机说，他把狼狗厚葬，时常去烧香祭拜，也难以消除内心的愧悔，所以他发愿，要常对养狗的人讲这个故事，劝大家要爱家中的狗，希望这可以消去他的一些罪业……

唉！在人世间不也是这样的吗？有情有义的人受到无情的背弃……

美好的心

幸福，

常常是隐藏在平常的事物中，

只要加一点用心，

平常事物就会变得非凡、美好、庄严了。

只要加一点心，

凡俗的日子就会变得可爱、可亲、可想念了。

寻找幸运草

在弟弟乡下的花园，酢浆草花开得正盛。小小的紫花像泼墨，渲染在高大的红玫瑰丛下，有一点像紫色的流云。

我忍不住蹲下来欣赏，挺直而花瓣分明的玫瑰显得优雅而庄严，所以把它用来作为献给爱情的花。柔软而花姿抽象的酢浆草花是那么自在而随兴，所以它不是为奉献而存在，是给细腻的人印心的。

正在出神的时候，弟弟两个可爱的孩子跑来依偎我，问我说："阿伯，你在找什么？"

我揽着两个孩子说："阿伯正在寻找幸运草。"

"什么是幸运草呢？"

我拔起一株连根的酢浆草，教孩子仔细看，我说："你们看，这酢浆草的叶子是三片的，传说如果找到一株四个叶片的酢浆草，叫做'幸运草'，那时就会很幸运，愿望就会成真喔。"

"哇！太棒了，我们也要找幸运草。"

两个孩子很快地钻入花丛中，在玫瑰花和红合欢下搜寻。

孩子热切的举动，使我莞尔。想到我第一次听到"幸运草"

的传说，也是在八九岁的年纪。从那个时候起，我只要看到酢浆草，就会忍不住蹲下来，看看能不能找到幸运草，以使我的愿望实现。

一直到我长大了，还改不了寻找幸运草的习惯，有一天，我在一条河岸边找累了，躺在护岸上看着天空，才猛然想到："我的愿望是什么呢？万一找到幸运草，我怎么样许愿呢？"

当时我是一个少年，愿望非常单纯，像童话一样。如果只能许三个愿望，第一个是成为好作家，写出生命中美好的情景；二是离开小小的故乡，去探访远大的世界；三是找到一位身心灵完全相契的伴侣，过着幸福快乐的日子。

可惜，我一直没有找到幸运草，因此愿望一直得不到许诺。虽然我也写作，企图去触及更美好的情景；我也离开了故乡，带着很深的思念；慢慢地，我也发现了，在广辽的人间，要找到身心灵完全相契的人，是多么渺茫，就好像在草原的酢浆草中找到一株幸运草。

我从来没有找到过幸运草，那株幸运草就更深地埋入了我的心里。

"阿伯！"两个满头大汗的孩子把我从冥想中叫唤出来，"整个花园，都找不到幸运草。"他们的脸上露出失望的表情。

"没关系的，阿伯从小到大都在找，也没有找到过幸运草

呢！说不定有一天你们会找到。"我安慰孩子，接着说，"阿伯
给你们比幸运草更棒的东西。"

"是什么？"

我从口袋里掏出两个十元硬币，一人赏一个："是不是比幸
运草更棒？"孩子开心地笑了，欢天喜地地走了。

这世间，真的有人找到过幸运草吗？到了中年我越来越生起
疑情，但那疑情也日渐明晰了起来。

也许，"世上根本没有幸运草"——这是疑情的部分。

也许，"幸运草根本不在草里"——这是日渐明晰的部分。

幸运草多出来的一片，确实不在草里，而在我们的心中。只
要我们的心够宽广坚持，只要我们的情够细腻温柔，只要我们的
爱够深刻美好，只要我们一直保有喜悦自由的生命姿势，我们的
心就会长出一株美丽的、四个叶片宛然的幸运草。

当我们的心比一般人多了一片，在平凡的酢浆草叶中，必然
也会观见幸运草的实相。

相契的草一旦宛然，相契的人不也宛然了吗？

永恒的偶然触碰

在市场里买到一种冬天的植物，名字十分奇特，叫做"猫柳"。

猫柳长得很高大，枝条有一人高，每隔一公分就有一个瘤状的隆起。花苞有枣红色的外皮包覆，到开放时，外皮脱落，花朵就成为白色的绒毛小球，一团一团，棉絮一般。

猫柳可以开三周到一个月，等花开完了，生出翠绿的小芽，甚至可以长几个月才谢去。

我常常坐在书桌前看那一大束猫柳，想着这种植物叫做"猫柳"，实在没有什么道理，因为它既不像猫，也不像柳。可是却想不起比这更好的名字。那长而柔美的枝条确有着柳的形意，而隆起的白绒毛，不正像波斯猫的尾巴吗？

在从前的从前，有一个人看见这种长相奇特的植物，为它取名为"猫柳"，确实是惊人的灵光一现，可以说是对永恒的偶然触碰呀。

我的园子里还种了一些植物，它们的名字也充满了永恒的触碰。像是马缨丹、观音莲、何首乌是完全与形意无关的，但名字取得真好；与形意有关的，例如水芙蓉、麒麟草、海芋、鹅掌藤也充满了美的想象；还有一些是当我们听见的时候，心灵会一层一层地在爬高，像七里香、九重塔、九重葛。

一个小小的园子里就充满了对永恒的触碰，使有创造力的人也想不出比那些流传已久、由许多不知名的人想出来的更好的名字。

关于永恒，几乎是人人心中潜藏的梦，大部分人也知道永恒的不可企及。但是，永恒虽不在我们的掌握里，如果用心一些，在平凡生活中也有永恒的偶然触碰。当我们融入深刻的因缘之时，当我们与相知的人聚散之际，甚至当我们进入一只动物、一株植物的内在世界的一刻，我们浑然而忘，成为大化的一部分，我们就那样触碰了永恒。

心思细密的人，只要有感有情、有意有悟，在每天旋身回睡之间，都会不期然地与"永恒"相遇。久而久之，永恒就拟人化，成为我们喝茶、散步、散心、沉思的好朋友。

在繁花中长大的孩子

一桂表姐家住在沟坪，却不把孙子送到隔着一畦田就到的沟坪小学，而送到十里外的金竹小学。每天光是骑摩托车送孙子去上学，就要花掉半小时。

亲戚朋友都不能理解，一桂表姐总是开玩笑地说："到金竹小学，最差也能读到第八名。"

当大家感到迷惑的时候，她总会开怀大笑："因为那里一班只有八个学生，最后一名就是第八名呀！"

一桂表姐当然不是为了名次才把孙子送去金竹，而是金竹小学实在太美了，美到不像是一所学校，像是一座花园，美到超过都市人想象的程度。

金竹小学背后是山，前面也是山，前后的山上都种满刺竹。秋天的时候，刺竹叶转成金黄色，在晨光或夕照下，是连成一片的金黄。这是"金竹村"和"金竹小学"名字的由来。

金竹小学后面金黄竹林的坡下是河流，前面是马路，到金竹的路两旁是果林：芭乐、枣子、荔枝、杨桃、龙眼、莲雾、橘子。冬季的水果正在盛产，满枝、满园、满路的芭乐、橘子、杨桃和枣子，全是饱满欲滴，就好像走入了钻石与翠玉的森林。

　　到金竹的路标除了果树，就是花了。马路两旁都种满紫色的九重葛；沿路前行，当看到一片黄钟花与金莲花的时候，金竹小学就到了。

　　金竹小学是非常迷你的小学，全校加上校长只有七个老师，学生五十五名。除了四年级十一名，一到六年级都是个位数。所以，校长和学生、学生和学生，不论大小都是互相熟识的，甚至与学生家长也都熟识。由于这种熟识，金竹小学就成为金竹村的社区中心。

　　金竹小学的朱锡华校长和江文瑞主任都是爱花的人，并且深信"环境的教育可以美化心灵"，于是携手营造"校园就是花园"的梦想。

　　课余的时间，学校的校长、主任、老师带着孩子总动员，在校园种花莳草，短短几年的时间，不论四季，校园都开满了花。

　　初到的访客通常会被那么繁盛的花吓一跳，遍地都是凤仙花、金莲花、金盏花、大丽花、朱槿和黄蝉。凤凰树干上则沿树开满了蝴蝶兰，开在头顶上的是黄钟花和九重葛。走廊上则是用椰子壳环保花盆吊挂的各式花卉，花从盆中满溢，仿佛一阵风来，就会飞舞下来。

　　由于花实在太多了，校园实在太美了，六年前的春节，金竹小学举办了"田园春暖美化心灵"的系列活动，让社区以外的人也来赏花。从此，每到过年，外地到金竹的人络绎不绝，甚至引起塞车。有时来赏花的超过五千人，正好是全校师生的一百倍。

我问朱校长用花来教育孩子最大的心得。

朱校长说："在美丽的环境下长大的孩子会爱惜自己。我在金竹小学八年多，教过的孩子没有一个变坏的。"

"在美丽的环境下长大的孩子也会爱惜环境。像学校教室的玻璃，四五年来还没有打破过一块。"

谈起一开始把学校做成花园的时候，朱校长坚持把盆花都摆在校园里，少数的老师担心会被村民拿走，校长说："我一点也不担心他们拿走，还希望把花送给大家。"

于是，学校把大量的花苗送给村民，几年下来，所有金竹村民都成为爱花的人，他们如果有美丽的花或找到新的品种，就会带回来送给学校。金竹村也成了一座大花园。

我想到古书上说的："风俗之厚薄奚自乎？在一二人心之所向！（自乎一二人心之所向而已。）"移风易俗的工作看起来艰难，只要有一二人坚持美好的向往，也不是不可能的。金竹小学不是一个最好的例证吗？

把十几年青春岁月都奉献给金竹小学的江文瑞主任说："在繁花中长大的孩子，心里也会开满了繁花。"

江主任陪我们在校园中散步。我看着满园的花卉，觉得金竹的孩子是有福报的，每天在美丽的包围下读书。我看着江主任——他的肤色黝黑、身体健壮，最动人的是一对澄澈无染的眼睛——觉得金竹的孩子是幸运的，能受教于这么用心和有爱心的老师。

临别的时候，江主任送我一盆酢浆草，是一种非常罕见的品种，每一株都是四片的叶子，正是我多年来在寻找的"幸运草"，没想到幸运草在金竹小学都是如此稀松平常。江主任说："如果把幸运草移植到花园，明年就有一大片幸运草了。"

从金竹小学回来的路上，我们特别跑去一桂表姐家喝茶。表姐活泼爽朗，一点儿也看不出是六十几岁的人；在金竹小学就读的小孙子，简直美丽得像一朵金莲花。

我对表姐说："阿姐每天在金竹转来转去，怪不得越来越年轻有气质了。"

表姐大笑："对呀！越来越花了呢！"

水终有澄清的一天

在我童年居住的三合院，沿着屋檐滴水的沟槽下，摆了一排大水缸。

水缸有半人高，缸口大到双手环抱，是为了接盛从屋顶上流下来的雨水。从前的乡下没有自来水，必须寻求各种水源：一方面凿井而饮；一方面到河边挑水灌溉；下雨天蓄在水缸的水，则用来洗衣洗澡，这样不但可以惜福，还能减轻到河边挑水的负累。

刚下过雨的水缸是浑浊的，放一些明矾进去，等个两三天，水才会慢慢地澄清。

由于要让水澄清很难，需要很长的时间，但使水浑浊却只要一下子，因此，妈妈严格规定我们不能去玩水缸里的水。玩水的后果就是在水缸边罚站。

"不可以玩水缸里的水。"不只是我们家的规矩，乡下三合院的孩子全都知道这个教训。

但是，不玩自己家的水，并不表示不玩别人家的水。

我们家正好在去中学必经的路上，每天有成百上千的学生走过。有一些喜欢恶作剧的孩子，路过的时候会突然冲进院子，每个水缸都搅一下，然后呼啸着跑走。

这可恶的举动，使我们又愤慨，又紧张。为了防止水被弄浑，我们终日都坐在院子里，等待恶作剧的孩子。

但是，我们也不可能整天坐在院子里，有时要上学，有时要工作，一旦稍有疏忽，孩子们就冲进来把水弄浑。

这使我们更陷入痛苦之中。

妈妈看我们被几缸水弄得心神不宁，就安慰我们："你们的心比水缸的水还容易被搅乱。那些恶作剧的孩子，你们越在乎，他们就越喜欢；如果不理他们，时间一久，就没什么好玩了。你们各人去做该做的事，不要管水。水，终有澄清的一天。"

我们听了妈妈的话，该上学的上学、该工作的工作，不再理会恶作剧的孩子。他们也很快就失去兴趣，水，也自然地澄清了。

"水，终有澄清的一天。"妈妈的教诲，常常在我被误解、被扭曲、被诬陷的时刻，从水缸中浮现出来。我们的心像水一样容易被搅乱，但在混乱之际，不需要过度的紧张与辩白，需要的是安静如常的生活。当我们的心清明，水缸的水自然就澄清了。

至今，我每次走过乡下的三合院，童年院子里的水缸历历在目，就会想到一个洁身自爱的人，心境就有如水缸的水，来自天地，自然澄清。生命中的曲解无明，是一时一地的，智慧与心境的清明追求，却是生生世世的。

一秒钟的混乱，可能要三天才能清明，但只要我们一直迈向更高的境界，水，终有澄清的一天。

黄玫瑰的心

为了这绝望的爱情，我已经过了很长时间沮丧、疲倦的日子，像行尸走肉一般。

昨夜，从矿坑火灾探访回来，因疼惜生命的脆弱与无助，坐在眠床上不能入睡，清晨，当第一道阳光照入，我决心为那已经奄奄一息的爱情做最后的努力，我想，第一件该做的事是到我常去的花店买一束玫瑰花，要鹅黄色的，因为我的女朋友最喜欢黄色的玫瑰。

剃好胡子，勉强拍拍自己的胸膛说："振作起来！"想起昨天在矿坑灾变后那些沉默哀伤但坚强的面孔，就出门了。

往市场的花店前去，想到在一起五年的女朋友，竟为了一个其貌不扬、既没有情趣又没有才气的人而离开，而我又为这样的女人去买玫瑰花，既心痛，又心碎，既生气，又悲哀得想流泪。

到了花店，一桶桶美艳的、生气昂扬的花正迎着朝阳，开放。

找了半天，才找到放黄玫瑰的桶子，只剩下九朵，每一朵都垂头丧气，"真衰！人在倒霉的时候，想买的花都垂头丧气的。"我在心里咒骂。

"老板！"我粗声地问，"还有没有黄玫瑰？"

老先生从屋里走出来，和气地说："没有了，只剩下你看见的那几朵啦。"

"这黄玫瑰每一朵的头都垂下来了，我怎么买？"

"喔，这个容易，你去市场里逛逛，半个小时后回来，我保证给你一束新鲜的、有精神的黄玫瑰。"老板赔着笑，很有信心地说。

"好吧！"我心里虽然不信，但想到说不定他要向别的花店去调，也就转进市场去逛了。心情沮丧时看见的市场简直是尸横遍野，那些被分解的动物尸体，使我更深刻地感受到这是一个悲苦的世界。小贩刀俎的声音，使我的心更烦乱。

好不容易在市场里熬了半个小时，再转回花店时，老板已把一束元气淋漓的黄玫瑰用紫色的丝带包好了，放在玻璃柜上。

我不敢相信自己的眼睛，我说："这就是刚刚那些黄玫瑰吗？"——它们垂头丧气的样子还映在我的眼前！

"是呀！就是刚刚那些黄玫瑰。"老板还是笑嘻嘻地说。

"你是怎么做到的，刚刚明明已经谢了呀！"我听到自己发出惊奇的声音。

花店老板说："这非常的简单，刚刚这些玫瑰不是凋谢，只是缺水，我把它们整株泡在水里，才二十分钟，它们全又挺起胸膛了。"

"缺水？你不是把它插在水桶里吗？怎么可能缺水呢？"

"少年仔，玫瑰花整株都要水呀！泡在水桶是它的根茎，它喝到的水就好像人吃饭一样。但是人不能光吃饭，人要用脑筋、有思想、有智慧，才能活得抬头挺胸。玫瑰花的花朵也需要水，在田野里，它们有雨水露水，但是剪下来就很少人注意了，很少人再给花的头浇水。一旦它的头垂下来，只要把整株泡在水里，很快就恢复精神了。"

我听了非常感动，怔在当场：呀！原来人要活得抬头挺胸，需要更多的智慧，要常把干枯的头脑泡在冷静的智慧之水里。

当我告辞的时候，老板拍拍我的肩膀说："少年仔！要振作咧！"这句话差点使我流泪，原来他早就看清我是一朵即将枯萎的黄玫瑰。

回到家，我放了一缸水，把自己整个人埋在水里，体会着一朵黄玫瑰的心，起来后通身舒泰，决定不把那束玫瑰送给离去的女友。

那一束黄玫瑰每天都会被我整株泡一下水，一星期以后才凋落花瓣，凋谢时是抬头挺胸凋谢的。

这是十几年前，我写在笔记上的一件真实的事，从那一次以后，我就知道了一些买回来的花垂头丧气的秘密。最近找到这一段笔记，感触和当时一样深，更确实地体会到，人只要有细腻的心去体会万家万法，到处都有启发的智慧。

一朵花里，就能看到宇宙的庄严，看到美，以及不屈服的意志。

有一位花贩告诉我，几乎所有的白花都很香，越是颜色艳丽的花越是缺乏芬芳。他的结论是："人也是一样，越朴素单纯的人，越有内在的芳香。"

有一位花贩告诉我，夜来香其实白天也很香，但是很少人闻得到。他的结论是："因为白天人的心太浮了，闻不到夜来香的香气；如果一个人白天的心也很沉静，就会发现夜来香、桂花、七里香，在酷热的中午也是香的。"

有一位花贩告诉我，清晨买莲花一定要挑那些盛开的。结论是："早上是莲花开放最好的时间，如果一朵莲花早上不开，可能上午和晚上都不会开了。我们看人也是一样，一个人在年轻的时候没有志气，中年或晚年时很难有志气的。"

有一位花贩告诉我，越是昂贵的花越容易凋谢，那是为了要向卖花的人说明："要珍惜青春呀！因为青春是最名贵的花！"

有一位花贩告诉我……

让我们来体会这有情世界的一切展现吧，当我们有大觉的心，甚至体贴一朵黄玫瑰，以心印心，心心相印，我们就会知道，原来在平凡的一切里，就有最深最奇绝的睿智呀！

宝 蓝 的 花

在南部乡间，看见萝卜田里留下来做种的萝卜，开出一片宝蓝色的花，不，应该说是一片宝蓝色的花海。

从前在乡下看过的萝卜花都是白色，而且开在一小畦菜圃。如今，看到宝蓝色的萝卜花，又是一望无际，心情为之震慑不已，那蓝色的萝卜花，花形有如蝴蝶，随风翻飞，蓝得像是天空或是大海。

我走入萝卜田里，屏住呼吸，感觉自己快要被一片宝蓝色融化了，这时，看见几只嫩黄色的蝴蝶正在蓝花上飞舞、采蜜，我有一种天鹅飞翔于蓝天的想象。

呀！这世界的美丽或幸福，不是世界给我们的，而是我们的心和世界清澈的相映。

不只我们的心在寻求世间的美。

世间的美也澎湃地撞击我们的心。

惟有寻求美的心和真正的美相撞击，我们才会在平凡的萝卜花上，看见蓝宝石、天空与大海的光辉呀！

含 羞 的 心

在父亲的坟头，看到几丛含羞草正盛开着，有的还开着粉红色的花，有的已结了种子。

含羞草的花非常美，像极了粉红色的粉扑，使杂乱的野草丛也显得温柔了。我想到小时候，最喜欢采含羞草的花和银合欢的花，一整盘放在盘子上，两种花都是粉扑的形状，一红一白，真是美极了。

父亲看见了，总会感慨地说："这个团仔，心这样细腻，亲像查某囡仔同款！"

我想从父亲坟头采一些含羞草的种子回去种，一触动，所有的含羞草都急速地合掌，好像虔诚地祈祷一样。

全身长满棘刺，被认为粗贱的含羞草，对外界的触动有着敏锐细腻的感受，并开出柔软而美丽的花朵，其实是像极了乡下农人的心。

我的父亲虽然一生都做着粗重的农事，但他的感情细腻柔软而美丽，正像是含羞草花。

我把含羞草的种子种在阳台，隔年就长得十分茂盛，也开花了。

　　每次碰触到含羞草，看它合十祈祷的样子，我也会双手合十，祈愿父亲去到更美丽的世界，也祈愿我们父子有重逢之日。

活 的 钻 石

一个孩子问我："叔叔，这个世界上有没有比钻石更有价值的东西？"

我问他："你怎么会问这个问题呢？"

他说："因为报纸上刊登了一个模特儿穿着一件镶满钻石的礼服，听说价值是一亿呢！"

我说："有呀！这个世界上所有活着的钻石都比钻石珍贵而有价值。"

"钻石不是矿物吗？怎么会有活的钻石呢？"

我告诉孩子，凡是有价值的、生长着的事物，我们都可以叫它是活的钻石。像我们可以说花是活的钻石、爱是活的钻石、智慧是活的钻石、一个孩子是活的钻石。我摸摸孩子的头说："你也是活的钻石呀，如果用克拉来算，你的价值也超过一亿呢！"

孩子不可置信地看着我，从他的眼神中，我看到了价值的混乱。但是价值确是如此被混乱的，许多人误以为钻石的价值是真实的，反而不能相信世间有许多事物，其价值在钻石之上。

就像毒品，每次当警方查获大批的海洛因或安非他命，新闻报道常说："此次查获的毒品，价值五亿四千万元。"这使我们读了感到混乱，因为毒品在不吸毒的人眼中根本是一文不值的，甚至会伤身害命，怎么可以有那么高的"价值"？

钻石虽然不是毒品，但它的价值与价钱是值得思考的。钻石作为一种石头，它的价值是中立的，它的光芒，是因为附加的价值而显现。

如果是以钻石来表达爱情的永恒坚贞，钻石就变得有价值。

如果是以钻石来炫耀自己的虚荣，则钻石是一文不值的。

如果是以钻石参加慈善的义卖，去救助那些贫苦的众生，钻石就变得有价值。

如果把钻石收藏于柜中，甚至无缘见天日，则钻石是一文不值的。

有了好的附加价值，使钻石活了起来。

变成虚荣与炫耀的工具，钻石就死去了。

不只是钻石，所有无生命的、被认为珍宝的事物皆是如此，玉石、翡翠、珍珠、琥珀、琉璃、黄金、珊瑚等等，并没有真正的价值。

事物的价值是因为"意义"而确定的，意义则是由于"心的态度"而确立的。

如果我们真能确立以心为主的人格与风格，来延伸人生的意义与价值，就会显现生命的诚意，使生活的一切都得到宝爱与珍惜。每一朵花、每一个观点、每一段历程都变成"活的钻石"；每一分爱、每一次思维、每一次成长都以"克拉"来计算。

在这无常的世界，每一步都迈向空无的人间，重要的是"活"，而不是"钻石"。

每时每刻都是活生生的、都走向活的方向、都有完全的活。

每一个刹那都淳珍宝爱、都充满热诚与美、都有创造的力。

那么，生命就会有钻石的美好、钻石的光芒了。

透早的枣子园

返乡的时候，我的长裤因脱线裂开了，妈妈说："来，我帮你车一车。"

我随妈妈走进房间，她把小桌上的红绒布掀开，一台缝纫机赫然呈现在我的眼前，这个景象震慑了我，这不是三十多年前的那台裁缝机吗？怎么现在还在用？而且看起来像新的一样？

"妈，这是从前那一台缝纫机吗？"

妈妈说："当然是从前那一台了。"

妈妈熟练地坐在缝纫机前，把裤脚翻过来，开始专心地车我裂开的裤子。我看着妈妈专注的神情，忍不住摩挲着缝纫机上优美的木质纹理，那个画面突然与时空交叠，回到童年的三合院。

当时，这一台缝纫机摆在老家的东厢房侧门边，门外就是爸爸种的一大片枣子园。妈妈忙过了养猪、耕田、晒谷、洗衣等粗重的工作后，就会坐在缝纫机前车衣服，一边监看在果园里玩耍的我们。

善于女红的妈妈，其实没有什么衣料可以做衣服，她是把面粉袋、肥料袋改成简单的服装，或者帮我们这一群"像牛一样会武"的孩子补撕破的衫裤，以及把太大的衣服改小，把太小的衣服放大。

妈妈做衣服的工作是至关重大的，使我们虽然生活贫苦，也不至于穿破衣去上学。

不车衣服的时候，我们就会抢着在缝纫机上写功课，那是因为孩子太多而桌子太少了，抢不到缝纫机的孩子，只好拿一块木板垫膝盖，坐在门槛上写字。

有一次，我和哥哥抢缝纫机，不小心跌倒，撞到缝纫机的铁脚，我的耳后留下一条二十几厘米的疤痕，如今还清晰可见。

我喜欢爬上枣子树，回头看妈妈坐在厢房门边车衣服，一边吃着清脆香甜的枣子——那时的妈妈青春正盛，有一种秀气而坚毅的美。妈妈在生活中表现出的坚强，常使我觉得生活虽然贫乏素朴，心里还是无所畏惧的。

如果是星期天，我们都会赶透早去采枣子，因为清晨刚熟的枣子最是清香，晚一点就被兄弟吃光了。

妈妈是从来没有假日的，但是星期天不必准备中午的便当，她总是透早就坐在缝纫机前车衣服。

坐在枣子树上，东边的太阳刚刚出来，寒冬的枣子园也变得暖烘烘的，顺着太阳的光望过去，正好看见妈妈温柔的侧脸，色彩非常印象派，线条却如一座立体派的浮雕。这时我会受到无比的感动，想着要把刚刚采摘的最好吃的枣子献给妈妈。

我跳下枣子树，把口袋里最好吃的枣子拿去给妈妈，她就会停下手边的工作，摸摸我的头说："真乖。"然后拉开缝纫机右边的抽屉放进枣子，我瞥见抽屉里满满都是枣子，原来，哥哥弟弟早就采枣子献给妈妈了。

这使我在冬日的星期天，总是透早就去采枣子，希望第一个把枣子送给妈妈。

有时觉得能坐在枣子树上看妈妈车衣服，生命里就有无边的幸福了。

"车好了，你穿看看。"妈妈的声音使我从回忆中回过神来，妈妈忍不住笑了，"大人大种了，整天憨呆憨呆。"

我看着妈妈依然温柔的侧脸，头发却都花白了，刚刚那一失神，时光竟匆匆流过三十几年了。

生活中美好的鱼

在金门的古董店里，我买到了一个精美的大铜环和一些朴素的陶制的坠子。

这是我从未见过的东西，使我感到疑惑。

古董店的老板告诉我，那是从前渔民网鱼的用具，陶制的坠子一粒一粒绑在渔网底部，以便下网的时候，渔网可以迅速垂入海中。

大铜环则是网眼，就像衣服的领子一样，只要抓住铜环提起来，整个渔网就提起来了，一条鱼也跑不掉。

夜里我住在梧江招待所，听见庭院里饱满的松果落下来的声音，就走到院子里去捡松果。秋天的金门，夜凉如水，空气清凉有薄荷的味道，星星月亮一如水晶，我突然想起韦应物的一首诗《秋夜寄邱员外》：

怀君属秋夜，静步咏凉天。
空山松子落，幽人应未眠。

想到诗人在秋天的夜晚，散步于薄荷一样凉的院子里，听见空山里松子落下的声音，想到那幽静的人应该与我一样在夜色中散步，还没有睡着吧！忽然感觉韦应物的这首诗不是寄给邱员外，而是飞过千里、穿越时间，寄来给我的吧！

回到房中，我把拾来的松果放在那铜环与陶坠旁边，觉得诗人的心与我的心十分接近。诗人、文学家、艺术家，乃至一切美的创造者，正是心里有铜环和陶坠的人。在茫茫的生命大海中，心灵的鱼在其中游来游去，一般人则由于水深海阔看不见美好的鱼，或者由于粗心轻忽，鱼就游走了。

有美好心灵、细腻生活的人，则是把陶坠子深深沉入海中，由于铜环在手，波浪的涌动和鱼的游动都能了然于心，垂丝千尺，意在深潭，捕捉到那飘忽不定的思想的鱼、观点的鱼。

作为平凡人的喜乐，就是每天在平淡的生活里找到一些智慧的鱼，时时在凡俗的日子捞起一些美好的鱼。

让那些充满欲望与企图的人，倾其一生去追求伟大与成功吧！

让我们擦亮生命的铜环和生活的陶坠子，每天有一点甜美、一点幸福的感情，就很好了。

　　夜里散散步，捡拾落下的松果，思念远方的朋友，回想生命的种种美好经验，这平淡无奇的生活，自有一种清明、深刻和远大呀！

心里的宝玉

一位想要学习玉石鉴定的青年，不远千里地去找一个老的玉石家，学习玉的鉴定。

当见到老师傅，他说明了自己学玉的志向，希望有一天能像老师傅一样，成为玉石的专家。

老师傅随手拿一块玉给他，叫他捏紧，然后开始给他讲中国历史，从三皇五帝夏商周开始讲，却一句也没有提到玉。

第二天他去上课，老师傅仍然随手交给他一块玉，叫他捏紧，又继续讲中国历史，一句也不提玉的事。

就这样，每天老师都叫他捏紧一块玉，光是中国历史就讲了几个星期。

接着，老师向年轻人讲风土人情、哲学思想，甚至生命情操。

老师几乎什么都讲授了，关于玉的知识却一句也不提。

而且，每天都叫那个青年捏一块玉听课。经过了几个月，青年开始着急了，因为他想学的是玉，却学了一大堆无用的东西。

有一天，他终于鼓起勇气，想向老师表明，请老师开始讲玉的学问，不要再教那些没有用的东西。

他走进老师的房间，老师仍然像往常一样，交给他一块玉，叫他捏紧，正要开始谈天的时候，青年人大叫起来："老师，你给我的这一块，不是玉！"

老师开心地笑起来："你现在可以开始学玉了。"

这是一个收藏玉的朋友讲给我听的故事，我很喜欢。一个人不可能什么东西都不懂，而独独懂玉的，因为玉的学问与历史、文化、美学、思想、人格都有深刻的关系。而这个世界的学问也不是有用、无用分得那么明白的。

佛法与人生不也像学着去懂一块玉吗？一个对人生没有深层体验的人，是无法获得真实的法益的，这是为什么经典上说"法不孤起，随缘而起"的原因了。

没有深陷于生命的痛苦的人，无法了解解脱的重要。

没有深陷于欲望的捆绑的人，不能体会自在的可贵。

没有体会过悲哀的困局的人，不会知道慈悲的必要。

没有在长夜漫漫中啼哭过的人，也难以在黎明有最灿然的微笑。

佛法就好像手中的一块玉，如果没有握过许多泛泛的石头，就不能了解手中的玉是多么珍贵了。

所以，要学佛的人，应该先认识人生。

鸵鸟的智慧

读到一本讲鸵鸟的书，说到鸵鸟不但行动快速、深具力量，而且是非常有智慧的动物。

"鸵鸟是有智慧的动物"，这个观点对常以谬误的眼光看鸵鸟的人，确实是全新的见解，因为平常我们骂那些不能面对事物、没有勇气的人，叫做"鸵鸟心态"，而对于愚笨的人，我们就直接叫"鸵鸟"了。

那是因为从前的动物学家认为，鸵鸟遇见危险时，会把头埋在沙堆里。

但是，鸵鸟岂是这么笨的动物？

新的动物学家已经证明从前的错误，鸵鸟在遇见危险时，如果是平时，它会奋力地逃开，如果是孵卵的时候，它会把长脖子沿着地面伸长，把头隐藏在沙堆后面，以保护自己的孩子免于受到伤害。

鸵鸟的这种行为是深有智慧的，因为高大的身躯再加上伸长的脖子，即使数里外的敌人也看得见，如果把自己扮成沙丘的样子，就不容易被发现了。

鸵鸟为了保护自己的孩子而发展出来的智慧，使我深受感动，原来鸵鸟并不是愚笨无知的，由于人用无知的眼睛看它，才使我们有了愚笨的知见。

不只鸵鸟如此，像我们随处可见的变色龙、枯叶蝶、竹节虫、人面蜘蛛等等微小的众生，为了保护生命、繁衍后代，都发展出多么细腻的智慧呀！

因此，对于众生，我们不可轻轻估量，众生的心灵实在隐藏了深奥的宝藏，远远超过我们的想象。

就以鸵鸟来说吧！鸵鸟在求偶的时候喜欢跳舞，它们跳起舞来的那种热劲，就像是非洲战士的战舞，我在影片上看过鸵鸟跳舞，配上摇滚音乐，鸵鸟的舞步充满激情的热力和抒情的浪漫，仿佛是舞台上经过长期演练的摇滚歌手。

对于这么有智慧、有感情的众生，谁忍心伤害它呢？

但是，鸵鸟在世界上的数量也日渐稀少了。

金 刚 糖

路过乡间小镇，走过一家杂货铺，突然一幅熟悉的影像吸引了我。

杂货铺的玻璃柜上摆了一个大玻璃瓶，瓶中满满的糖果，红、绿、白相间，在阳光下闪闪发亮。

是"金唉"！我几乎跳了起来。

"金唉"是一种我以为早已失传的糖果，它的形状如弹珠，大小像橘子或酸李，颜色如同西瓜的皮，有的绿白，有的红白地间杂着。

"金唉"又称为"金刚糖"，因为它硬如铁石，如果不咬破，轻轻地含在嘴里，可以从中午含到日落。

"金唉"几乎是我们童年的梦，是唯一吃得到，也是唯一吃得起的糖果。一毛钱可以买两粒，同时放入嘴里含着，两颊就会像膨风一样地鼓起，其他的小朋友就知道你是在吃金唉，站在一边猛吞口水，自己便感觉十分的骄傲和满足了。

爸爸妈妈很反对我们吃糖，绝对不会买糖给我们，所以想吃金唉往往要大费苦心。在野外割牧草时，乘机提一些蟾蜍或四脚蛇去卖给中药铺；或者放学的时候到郊外捡破铜旧锡玻璃瓶簿子纸卖给古物商；或者到溪边摸蚋仔到市场去卖……

由于要赚一毛钱是那么辛苦，去买金唻来吃时就感到特别欢喜，好像把幸福满满地含在嘴里，舍不得一口吃下去。

卖金刚糖的小店就在我去上学途中的街角，每天清晨路过时，阳光正好穿过亭仔脚，照射在店前的瓶罐上，金唻通常装在大玻璃瓶里，阳光一照，红的、绿的、白的，交错成一幅迷人的光影，我有时忍不住站在小店前看那美丽的光影，心神为那种甜美的滋味感动，内心嗞嗞地响着音乐。

经过三十几年了，金唻的甜美依然深深地印在我的脑海。在那个"残残猪肝切五角"的时代，因为物质贫乏，许多微不足道的事物反而给我们深刻的幸福。

可见幸福并不是一种追求，而是一种对现状的满足。

我花了五块钱向看杂货店的阿婆买了两粒金唻，几乎是屏住呼吸、小心翼翼地放入口中，就像童年一样，我的两颊圆圆地鼓起，金唻的滋味依然甜美如昔，乡下的小店依然淳朴可亲，玻璃瓶里依然有错落的光影，这使我感到无比的欢喜。

我踩着轻快的步子，犹如我还是一个孩子，很想大声地叫出来，告诉每一个人："我在吃金唻呢！你们看见了吗？"

长途跋涉的肉羹

在我读小学五年级的时候，有一次看见爸爸满头大汗从外地回来，手里提着一个用草绳绑着的全新的铁锅。

他一面走，一面召集我们："来，快来吃肉羹，这是爸爸吃过最好吃的肉羹。"

他边解开草绳，边说起那一锅肉羹的来历。

爸爸到遥远的凤山去办农会的事，中午到市场吃肉羹，发现那摊肉羹非常的美味，他心里想着："但愿我的妻儿也可以吃到这么美味的肉羹呀！"

但是那个时代没有塑料袋，要外带肉羹真是困难的事。爸爸随即到附近的五金行买了一个铁锅，并向店家要了一条草绳，然后转回肉羹摊，买了满满一锅肉羹，用草绳绑好，提着回家。

当时的交通不便，从凤山到旗山的道路颠簸不平，平时不提任何东西坐客运车都会昏头转向、灰头土脸，何况是提着满满一锅肉羹呢？

把整锅肉羹夹在双腿，坐客运车回转家园的爸爸，那种惊险的情状是可以想见的。虽然他是这么小心翼翼，肉羹还是溢出不少，回到家，锅外和草绳上都已经沾满肉羹的汤汁了，甚至爸爸的长裤也湿了一大片。

锅子在我们的围观下打开，肉羹只剩下半锅。

妈妈为我们每个孩子添了半碗肉羹，也为自己添了半碗。

由于我们知道这是爸爸千辛万苦从凤山提回来的肉羹，吃的时候就有一种庄严、欢喜、期待的心情，一反我们平常狼吞虎咽的样子，一小口一小口地品尝那长途跋涉，饱含着爱、还有着爱的余温的肉羹。

爸爸开心地坐在一旁欣赏我们的吃相，露出他惯有的开朗的笑容。

妈妈边吃肉羹边说："这凤山提回来的肉羹确实真好吃！"

爸爸说："就是真好吃，我才会费尽心机提这么远回来呀！这铁锅的价钱是肉羹的十倍呀！"

当爸爸这样说的时候，我感觉温馨的气息随着肉羹与香菜的味道，充塞了整个饭厅。

不，那时我们不叫饭厅，而是灶间。

那一年，在黝暗的灶间，在昏黄的烛光灯火下吃的肉羹是那么美味，经过三十几年了，我还没有吃过比那更好吃的肉羹。

因为那肉羹加了一种特别的作料，是爸爸充沛的爱以及长途跋涉的表达呀！这使我真实地体验到，光是充沛的爱还是不足的，与爱同等重要的是努力的实践与真实的表达，没有透过实践与表达的爱，是无形的、虚妄的。我想，这就是爸爸妈妈那一代人——他们的爱那样丰盈真实，却从来不说"我爱你"，甚至终其一生没有说过一个"爱"字的理由吧！

爱是作料，要加在肉羹里，才会更美味。

自从吃了爸爸从凤山提回来的肉羹，每次我路过凤山，都有一种亲切之感。这凤山，是爸爸从前买肉羹的地方呢！

我的父母都是善于表达爱的人，因此，在我很幼年的时候，就知道再微小的事物，也可以作为感情的表达；而再贫苦的生活，也因为这种表达而显现出幸福的面貌。

幸福，常常是隐藏在平常的事物中，只要加一点用心，平常事物就会变得非凡、美好、庄严了。只要加一点心，凡俗的日子就会变得可爱、可亲、可想念了。

就像不管我的年岁如何增长，不论我在天涯海角，只要一想到爸爸从凤山提回来的那一锅肉羹，心中依然有三十年前的汹涌热潮在滚动。肉羹可能会冷，生命中的爱与祝愿，永远是热腾腾的；肉羹可能在动荡中会满溢出来，生活里被宝藏的真情蜜意，则永不逸去。

知　了

　　山上有一种蝉，叫声特别奇异，总是吱的一声向上拔高，沿着树木、云朵，拉高到难以形容的地步。然后，在长音的最后一节突然以低音"了"作结，戛然而止。倾听起来，活脱脱就是：

　　知——了！

　　知——了！

　　这是我第一次听到蝉如此清楚地叫着"知了"，终于让我知道"知了"这个词的形声与会意。从前，我一直以为蝉的幼虫名叫"蜘蟟"，长大蝉蜕之后就叫做"知了"了。

　　蝉，是这世间多么奇特的动物，它们的幼虫长住地下达一两年的时间，经过如此漫长的黑暗飞上枝头，却只有短短一两星期的生命。所以庄子在《逍遥游》里才会感慨："蟪蛄不知春秋！"

　　蝉的叫声严格说起来，声量应该属噪音一类，因为声音既大又尖，有时可以越过山谷，说它优美也不优美，只有单节没有变化的长音。

　　但是，我们总喜欢听蝉，因为蝉声里充满了生命力、充满了飞上枝头之后对这个世界的咏叹。如果在夏日正盛，林中听万蝉齐鸣，会使我们心中荡漾，想要学蝉一样，站在山巅长啸。

蝉的一生与我们不是非常接近吗？我们大部分人把半生的光阴用在学习上，渴望利用学习来获得成功，那漫长匍匐的追求正如知了一样；一旦我们被世人看为成功，自足地在枝头欢唱，秋天已经来了。

孟浩然有一首写蝉的诗，中间有这样几句：

> 黄金然桂尽，壮志逐年衰。
> 日夕凉风至，闻蝉但益悲。

听蝉声鸣叫时，想起这首诗，就觉得"知了"两字中有更深的含义。

什么时候，我们才能一边在树上高歌，一边心里坦然明了，对自己说："知了，关于生命的实相，我明白了。"

路上的情书

我捡过一封诀别的情书。

情书上有这样看来普通的句子："当初是我选择了你，心里明知与你不会长久，还是执着地选择了你。

"这些日子以来，谢谢你陪我走过这一段路。

"你是一个很好的人，你一定会认识比我好上千倍的女孩儿。

"由衷地希望在没有我的日子，你依然过得好。"

捡到这封情书是很偶然的。有一天我在路上散步，刮起一阵强风，一个印刷十分精美的信封落在我的跟前，信封没有署名，也没有缄封，我就打开来看。

是一封很长的诀别信，看来是十七岁的少女写给十八岁的男朋友的信，显然她是要离开他了，于是找了许许多多借口。

奇怪的是，这封信收信和发信的人都没有名字，写信的少女叫做"March"，她的男朋友叫做"December"，是三月写给十二月的信呢！可以想见十二月收到这封信，脸如寒冬的样子。三月的信写得这么苦，心情也不像阳春的季节。

可是，这么重要的信为什么会掉在路上呢？

它有几个可能，一是少女写好信不小心遗落的，二是她随手丢弃，三是男朋友收到后，非常生气，回家的路上就顺手扔了。

不管如何，这封没有地址与署名的诀别信，一定是亲手递交的，可见这个少女非常有诚意，又写诀别信，又亲手交托。不像我们年轻时的感情事件，对方离开时的理由到如今都还是谜一样。

三月在信里说："在你十八岁生日时，无论我在不在你身旁，一定会送你一枚银戒指，传说在十八岁生日时收到银戒指，此后将会一路顺畅平安。如今，这段甜蜜的过去就要放弃，明知你是真心爱我，December，回头再看一眼，再看一眼就好，珍重！再见！"

这结尾写得真不错，我坐在公园的长椅上，读着路上偶然捡到的情书，想到少年时代我们的情感都是如此纠缠的，因为不能了解一切都只是偶然。银戒指何必等到分手之后再送，今天送不是很好吗？明天的事，谁知道呢！

不知道后来三月找到四月，十二月找到一月没有？

那信纸也选得很好，是一个背着行李站在铁轨交叉点的少女，不知道走哪一条路好。

"不管怎么走，都会有路。"我把诀别的情书收好，想起这句话。

凉面因缘

在住家附近的永春市场，有一条小巷子连着开了几家凉面店和凉面摊，清晨的时候非常热闹，很多人来这里吃凉面。

非常有意思的是，这些凉面摊子，卖的东西都一样，并且非常简单。有凉面、麻酱凉面、酢酱面、蛋花汤、贡丸汤、味噌汤，还有他们卖的时间也一样，都是清晨开张，过中午就收摊了。

但是，其中有一家卖凉面的摊子生意特别好，几乎从开张到收摊都是客满的，通常要排队才有位子坐。

我每天清晨散步到公园，都会路经这几家凉面摊，不禁起了疑惑，为什么有这么多人宁可排队等着吃面，也不愿意到对面或隔壁的凉面店去吃呢？尤其，这一家生意最好的凉面摊的面积最小，外表最破落，卖面的是一对年轻夫妇，有时忙不过来，客人还要等好久。

那么，答案几乎就出来了，一定是这家凉面摊的口味最好吃！

为了求证我的想法，我立刻走进去，排队等候吃了一碗凉面和一碗味噌汤，果然是人间的美味，怪不得这么多人宁可等候。然而，我立刻想到，做这样的判断有武断之嫌，因为我并没有吃过其他的几摊凉面，如何可以说这一家是最美味的呢？

第二天开始，我沿着小巷，轮流到每一家凉面摊去吃面，当做我的早点，顺便希望找出那家凉面店生意最好的原因。当我在每家凉面店吃了两次以后，我就几乎找到原因了。

我发现，每一家凉面店都好吃，口味全在伯仲之间，而每一家的价钱都是一样的，因此口味与价钱绝对不是原因。其次，被现代许多人认为是最重要的装潢也不是原因，因为装潢最好的店却不是生意最好的。

原因是服务的态度，我发现这一对青年夫妇不管多么忙碌，对客人都是很体贴的，这体贴并不表现在笑脸，而是一些动作和简单的问候："请问是要大碗还是小碗？""要不要加点辣？""是不是要配个汤？我们的味噌汤不错的。"使客人都觉得受到敬重（虽然一碗凉面才十五元），并且在言谈间让人体会到他们感恩的态度。

其次是效率，这一对夫妇每天给人的感觉都是精神振作，妻子做凉面的动作之纯熟，简直是像表演一项艺术；丈夫也一样，打蛋花、冲汤，一气呵成，而夫妻俩合作无间。每天去吃早餐的人，只要看他们的动作，精神就为之一振，吃的时候也感到愉快。

其三，有许多客人显然是老主顾，一坐下，他们就亲切地问："今日还是吃贡丸、蛋花、味噌汤？"原来这位客人喜欢三种汤混在一起，吃过一次，老板就记住了。或者有时候听到这样的对话："你先生从日本回来了没？""喔！你去台东转来了？五天没有来吃了！"听到这些话的人，内心一定感到十分温暖。

这就是一家小凉面摊成功的秘诀，在每一个细微处都十分用心，有一种体贴的态度，和每一位客人有和谐的关系，使人觉得即使只花十五元，也得到很诚挚的尊重。

后来，我每次去吃凉面，也是不自觉地往巷尾走，是呀！同样吃一碗凉面，我们何不到服务最好、最受尊重的一家呢？

一家小小凉面摊都需要用心经营，何况是人生里更大的事功？这使我想到佛教里常说的"广结善缘"，善缘看来很小，没有像装潢、店招、口味、价钱那么明显，却是更深刻、长远、有力量的。

善缘从哪里来？就是全人格、全生命对别人有一种善意，每一个善意发出去，绕了一圈，一定以善缘转回来。有善缘的人，当然是比没有善缘的人更容易成功的。

有情十二帖

前　生

前生，我们也是在这样的溪水畔道别的吧！

要不然，我从山径一路走来，心原是十分平静的，可是我看见这条溪时，心为什么如水波一样涌动起来？周围清冽的空气，使我感到一种不知何处流来的可惊的寒冷。

以溪水为镜，我努力地想知道，这条溪与我有着什么样的因缘？或者是，我如何在溪的此岸，看着你渐远的身影？或者是，同在一岸，你往下游走去，而我却溯流而上？

我什么都照映不出来，因为溪水太激动了。

这已是春天了呀！草正绿着，花正开着，阳光正暖，溪水为什么竟有清冷而空茫的感觉呢？

想是与久远的前生有着不可知的关系。

在春天的时候，临溪而立，特别能感觉到生命是一道溪流，不知从何流来，不知流向何处。

此刻的我，仿佛是，奔流的河溪中刚刚落下的，一片叶子。

流　转

　　在十字路口的古董店临窗的角落，我坐在一张太师椅上，立刻就站起来，因为那张椅子上还留着别人坐过的温度。

　　从小我就不习惯别人坐过的热椅子，宁可站着等那椅子冷了，才落座。尤其是古董椅子，据说这张椅子是清朝传下的，那美丽的雕花让我知道这不是平民的椅子，它的第一主人曾经是富有的人吧！

　　现在，那个富有的人，他的财富必然已经散尽了，他的身体一定也在时空中消亡了，留下这一组椅子，没有哭笑，在午后的阳光中静静的，几乎是睡着一般。

　　我在古董店转了一圈，好像与时空一起流转，唐朝的三彩马、明代的铜香炉、清朝的瓷器、民初的碗盘，有很多还完美如新。有一张八仙彩，新得还像一个脸容贞静的妇女一针一针刺绣上去，针痕还在锦上，人却已经远去了，像空气，像轻轻的铜铃声。

　　在古董店，我们特别能感受时光的无情，以及生命的短暂，步出古董店时我觉得，即使在早春，也应珍惜正在流转的光阴。

山 雨

看着你微笑着，无声，在茫茫的雨雾中从山下走来，你撑着的花伞，在每一格石阶一朵一朵开上来，三月道旁的杜鹃与你的伞一样有艳红的颜色。在春雨的绵绵里，我的忧伤，像雨里的乱草缠绵在一起，忧伤的雨就下在我的眼中。

眼看你就要到山顶，却在坡道转弯处隐去了，隐去如山中的风景，静默。雨，也无声。

山顶的凉亭里，有人在下棋。因为棋力相当，两个人静静地对坐着，偶尔传来一声"将军"，也在林间转了又转，才会消失。

我看着满天的雨，感觉这阵雨永远也不会停。

你果然没有到山顶上，转过坡道又下山了，我看着你的背影往山下走去，转一道弯就消失了，消失成雨中的山，空茫的山。

山雨不停，我心中忧伤的雨也一如山雨。

这阵雨永远也不会停了！看着满天的雨，我这样想着。

突然听到凉亭里传来一声高扬的：将军！

四 月

我最喜欢四月的阳光，四月的阳光不愠不火，透明温润有琉璃的质感。

四月的阳光，使每一朵花都是水晶雕成，在风里唱着希望之歌，歌声五色仿佛彩虹。

四月的阳光，使每一株草都是翡翠繁生，在土地写着明日之诗，诗章湛蓝一如海洋。

在四月的阳光中，我们把冬寒的灰衣褪去，肤触着遥远天际传来的温热，使我想起童年时代，赤身奔跑过四月的田野，阳光就像母亲温暖的怀抱，然后我们跳入还留着去年冬寒的溪里游水。最后，我们带着全身琉璃的水珠躺在大石上，水一丝丝化入空中，我们就在溪边睡着了。

在四月的阳光中，草原、树林、溪流、石头都是净土，至少对无忧的孩子是这样的。所以，不论什么宗教，都说我们应胸怀一如赤子，才能进入清净之地。

四月还是四月，温暖的阳光犹在，可叹的是我们都不再是赤子了。

石 狮

我们走过生命的原野时，要像狮子一样，步步雄健，一步留下一个脚印。

　　我们渡过生命河流之际，要像六牙香象，中流砥柱，截河而过，主宰自己生命的河流与方向。

　　我们行经生命的丛林小径，要像灰鹿之王，威严而柔和，雄壮而悲悯，使跟随我们的鹿都能平安温饱。

　　这些都是佛经的譬喻，是要我们期许自己像狮子一样威猛，像大象一样壮大，像鹿王一样温和庄严。当我们想起这几种动物，真有如自己站在高山顶上，俯视着莽莽的林木与茫茫的草原，也有那样的气派。

　　狮子是文殊师利菩萨的坐骑，白象是普贤菩萨的坐骑，都极有威势的护法，尤其是狮子更是普遍，连民间一般寺庙都是由狮子来护法的。

　　今天路过一座寺庙，看到门前的石狮子有不同的表情，几乎是微笑着的，然后我想起每座寺庙前的狮子，虽是石头雕成，每只的表情都有细微的不同。

　　即使是石狮子，也是有心，特别是在温馨的五月清晨的微风之中。

欢　喜

　　黄山谷有一天去拜访晦堂禅师，问禅师说："禅宗的奥义究竟是什么？"

晦堂禅师说："论语上说'二三子，以我为隐乎？吾无隐乎尔。'禅对你们也没有什么隐藏，这意思你懂吗？"

黄山谷说："我不懂。"

然后，两人都沉默了。一起在山路上散步，当时，木樨花正开放，香味满山。

晦堂问："你闻到香味了吗？"

"是，我闻到了！"黄山谷说。

"我像这木樨花香一样，没有隐瞒你呀！"禅师说。

黄山谷听了，像突然打开心眼一样开悟了。

是的，这世界从来没有隐藏过我们，我们的耳朵听见河流的声音，我们的眼睛看到一朵花开放，我们的鼻子闻到花香，我们的舌头可以品茶，我们的皮肤可以感受阳光……在每一寸的时光中都有欢喜，在每个地方都有禅悦。

我曾在一个开满凤凰花的城市住了三年，今天看到一棵凤凰花开，好像唱着歌一样，使我的眼耳鼻舌身意都洋溢着少年时代的欢喜。

院 子

农村里的秋天来得晚，但真正秋天来的时候都很写意的。

首先感觉到的是终于有黄昏的晚霞了，当河边的微风吹过，我们背着沉重的书包回家，站在家前院子往远山看去，太阳正好把半天染红；那云红得就像枫叶，仿佛一片一片就要落下来了。于是，我常常站在院子里就呆住了，一直到天边泼墨才惊醒过来。

然后，悬丝飘浮的、带着清冷的秋灯的、只照射自己的路的萤火虫，不知道是从河的对岸还是树林深处来了，数目多得超乎想象，千盏万盏掠过院子，穿过弄堂，在草丛尖浮荡。有人说，萤火虫是点灯来找它前世的情缘，所以灯盏才会那么的凄清闪烁，动人肝肺。

最后，是大人们扇着扇子，坐在竹椅上清喉咙："古早、古早、古早……"说着他们的父亲、祖父一直传说不断、忠孝节义的故事，听着这些故事，使我觉得秋天真是温柔，温柔中流着情义的血。我们听故事的那个院子，听说还是曾祖父用石块亲手铺成的。

秋天枫红的云，凄凉的萤火，用传说铺成的院子在闪烁，可惜现在不是秋天，也找不到那个院子了。

有　情

"花，到底是怎么开起的呢？"有一天，孩子突然问我。

我被这突来的问题问住了，我说："是春天的关系吧。"

对我的答案，孩子并不满意，他说："可是，有的花是在夏天开，有的是在冬天开呀！"

我说："那么，你觉得怎样开起的呢？"

"花自己要开，就开了嘛！"孩子天真地笑着，"因为它的花苞太大，撑破了呀！"

说完孩子就跑走了，是呀！对于一朵花和对于宇宙一样，我们都充满了问号，因为我们不知它的力量与秩序是明确来自何处。

花的开放，是它自己的力量在因缘里的自然展现，它蓄积了自己的力量，使自己饱满，然后爆破，有如阳光在清晨穿破了乌云。

花开是一种有情，是一种内在生命的完成，这是多么亲切呀！使我想起，我们也应该蓄积、饱满、开放，永远追求自我的完成。

炉 香

有一天，一位老太太问赵州从谂禅师："怎样去极乐世界呢？"

赵州说："大家都去极乐世界吧！我只愿永远留在苦海。"

我读到这里，心弦震动，久久不能自已，一个已经开悟的禅师，他不追求极乐，而希望自己留在与众生相同的地方，在苦海中生活，这是真实的伟大的慈悲。就好像在莲花池边，大家都赶来看莲花，经过时脚步杂乱，纸屑满地，而他只愿留下来打扫莲花池。

抬起头来，我看见案前的檀香炉，香烟袅袅，飘去不可知的远方，香气在室内盘绕不息。这烟气是不是也飘往极乐世界呢？可是如果没有香炉的承受，接受火炼，檀香的烟气也不可能飞到远方。

赵州正是要做那一个大香炉，用燃烧自己之苦来点拨众生虔诚的极乐之向往。

我也愿做烧香的铜炉，而不要只做一缕香。

天 空

我和一位朋友去参观一处数有年代的古迹，我们走进一座亭子，坐下来休息，才发现亭子屋顶上刻着许多繁复、细致、色彩艳丽的雕刻，是人称"藻井"的那一种东西。

朋友说："古人为什么要把屋顶刻成这么复杂的样子？"

我说："是为了美感吧！"

朋友说不是这样的，因为人哪有那么多的时间整天抬头看屋顶呢！

"那么，是为了什么？"我感到疑惑。

"有钱人看见的天空是这个样子的呀！缤纷七彩、金银斑斓，与他们的珠宝箱一样。"这是我第一次听见的说法，眼中禁不住流出了问号，朋友补充说："至少，他们希望家里的天空是这样子，人的脑子塞满钱财就会觉得天空不应该只是蓝色，只有一种蓝色的天空，多无聊呀！"

朋友似笑非笑地看着藻井，又看着亭外的天空。

我也笑了。

当我们走出有藻井的凉亭时，感觉单纯的蓝天，是多么美！多么有气派！

"水因有月方知静，天为无云始觉高。"我突然想起这两句诗。

如 水

曾经协助丰臣秀吉统一全日本的大将军黑田孝高，他善于用水作战，曾用水攻陷了久攻不下的高松城。因此在日本历史上有"如水"的别号，他曾写过"水五则"：

1. 自己活动，并能推动别人的，是水。

2. 经常探求自己的方向的，是水。

3. 遇到障碍物时，能发挥百倍力量的，是水。

4. 以自己的清洁洗净他人的污浊，有容清纳浊的宽大度量的，是水。

5. 汪洋大海，能蒸发为云，变成雨、雪，或化而为雾，又或凝结成一面如晶莹明镜的冰，不论其变化如何，仍不失其本性的，也是水。

这"水五则"也就是"水的五德"，是值得参究的，我们每天要用很多水，有没有想过水是什么？要怎样来做水的学习呢？

要学习水，我们要做能推动别人的、常探求自己方向的、以百倍力量通过障碍的、有容清纳浊度量的、永不失本性的人。

要学习水，先要如水一般无碍才行。

茶　味

我时常一个人坐着喝茶，同一泡茶，在第一泡时苦涩，第二泡甘香，第三泡浓沉，第四泡清冽，第五泡清淡，再好的茶，过了第五泡就失去味道了。

这泡茶的过程令我想起人生，青涩的年少，香醇的青春，沉重的中年，回香的壮年，以及愈走愈淡、逐渐失去人生之味的老年。

我也时常与人对饮，最好的对饮是什么话都不说，只是轻轻地品茶；次好的是三言两语；再次好的是五言八句，说着生活的近事；末好的是九嘴十舌，言不及义；最坏的是乱说一通，道别人是非。

与人对饮时常令我想起，生命的境界确是超越言句的，在有情的心灵中不需要说话，也可以互相印证。喝茶中有水深波静、流水喧喧、花红柳绿、众鸟喧哗、车水马龙种种境界。

我最喜欢的喝茶，是在寒风冷肃的冬季，夜深到众音沉默之际，独自在清静中品茗，一饮而尽，两手握着已空的杯子，还感觉到茶在杯中的热度，热，迅速地传到心底。

犹如人生苍凉历尽之后，中夜观心，看见，并且感觉，少年时沸腾的热血，仍在心口。

庄严的心

八分钟的觉悟、八分钟的静心、

八分钟的专注、八分钟的放松、

八分钟的忘我、八分钟的天人合一、

八分钟的守真抱朴。

生命必会从这八分钟改变，

每天的生活也就从容而有情趣了。

过　火

　　是冬天刚刚走过、春风蹑足敲门的时节，天气像是晨荷巨大叶片上浑圆的露珠，晶莹而明亮，台风草和野姜花一路上微笑着向我们招呼。

　　妈妈一早就把我唤醒了，我们要去赶一场盛会，在这次妈祖生日盛会里有一场过火的盛典，早在几天前我们就开始斋戒沐浴，妈妈常两手抚着我瘦弱的肩膀，幽幽地对爸爸说："妈祖生时要带他去过火。"

　　"火是一定要过的。"爸爸坚决地说，他把锄头靠在门侧，挂起了斗笠，长长叹一口气，然后我们没有再说什么话，就围聚起来吃着简单的晚餐。

　　从小，我就是个瘦小而忧郁的孩子，每天爬山涉水并没有使我的身体勇健，父母亲长期垦荒拓土的恒毅忍艰也丝毫没有遗传给我。

　　爸爸曾经为我做过种种努力，他一度希望我成为好猎人，每天叫我背着水壶跟他去打猎，我却常在见到山猪和野猴时吓得大哭失声，使得爸爸几度失去他的猎物，然后就撑着双管猎枪紧紧搂抱着我，他的泪水濡湿我的肩胛，喃喃地说："怎么会这样，怎么会生出这样的孩子……"

他又寄望我成为一个农夫，常携我到山里工作，我总是在烈日烧烤下昏倒在正需要开垦的田地里，也时常被草丛中蹿出的毒蛇吓得屁滚尿流，爸爸不得不放下锄头跑过来照顾我。醒来的那一刻我总是听到爸爸长长而悲伤的叹息。

我也天天暗下决心要做一个男子汉，慢慢地，我变得硬朗了，爸妈也露出欣慰的笑容，可是他们的努力和我的努力一起崩溃了，在我孪生的弟弟十岁那年死的时候。

眼见到和自己一模一样的弟弟死去，我竟也像死去一半了，失去了生存的勇气，我变成一个失魄的孩子，每天眉头深结，形销骨立，所有的医生都看尽了，所有的补药都吃尽了，换来的仍是叹息和眼泪。

然后爸爸妈妈想到神明。想到神明好像一切希望都来了。

神明也没有医好我，他们又祈求十年一次的大过火仪式，可以让他们命在旦夕的儿子找到一闪生命的火光。

我强烈地惦怀弟弟，他清俊的脸容常在暗夜的油灯中清晰出来，他的脸是刀凿般深刻，连唇都有血一样的色泽。我们曾脐带相连地度过许多快乐和凄苦的岁月，我念着他，不仅因为他是我的兄弟，而是我们生命血肉的最根源处紧紧纠结。

弟弟的样貌和我一模一样，个性却不同，弟弟强韧、坚毅而果决，我是忧郁、畏缩而软弱。如果说爸爸妈妈是一间使我们温暖的屋宇，弟弟和我便是攀爬而上的两极植物，弟弟是充满霸气的万年青，我则是脆弱易折的牵牛，两者虽然交缠分不出面目，又是截然不同，万年青永远盎然充满炽盛的绿意，牵牛则常开满忧郁的小花。

刚上一年级，弟弟在上学的长途中常常负我涉水过河，当他在急湍的河水中苦涉时，我只能仰头看白云缓缓掠过。放学回家，我们要养鸡鸭，还要去割牧草，弟弟总是抢着做工，把割来的牧草与我对分，免得回家受到爸妈责备的目光。

弟弟也常为我的懦弱吃惊，每次他在学校里打架输了，总要咬牙恨恨地望我。有一回，他和班上的同学打架，我只能缩在墙角怔怔地看着，最后弟弟打输了，坐跌在地上，嘴角淌着细细的血丝，无限哀怨地凝睇着他无用的哥哥。

我撑着去找他，弟弟一把推开我，狂奔出教室。

那时已是深秋了，相思树的叶子黄了，灰白的野芒草在秋风中杂乱地飞舞，弟弟拼命奔跑，像一只中枪惊惶而狂怒的白鼻心，要借着狂跑吐尽心中的最后一口气。

"宏弟，宏弟。"

我撕开喉咙叫喊。弟弟一口气奔到黑肚大溪，终于力尽了颓坐下来，缓缓地躺卧在溪旁，我的心凹凸如溪畔团团围住弟弟的乱石。

风，吹得很急。

等我气喘吁吁赶到，看见弟弟脸上已爬满了泪水，一张脸湿糊糊的，嘴边还凝结着暗褐色的血丝，脸上的肌肉紧紧地抽着，像是我们农田里用久了的帮浦。

我坐着，弟弟躺卧着，夕阳斜着，把我们的影子投照在急速流去的溪中。

弟弟轻轻抽泣很久，抬头望着天云万迭的天空，低哑着声音问：“哥，如果我快被打死了，你会不会帮助我？”

之后，我们便紧紧相拥放声痛哭，哭得天都黄昏了，听见溪水潺潺，才一言不发走回家。

那是我和弟弟最后的一个秋天，第二年他便走了。

爸爸牵我左手，妈妈执我右手，在金光万道的晨曦中，我们终于出发了。一路上远山巅顶的云彩千变万化，我们对着阳光的方向走去，爸爸雄伟的体躯和妈妈细碎的步子伴随着我。

从山上到市镇要走两小时的山路，要翻过一座山涉过几条溪水，因为天早，一路上雀鸟都被我们的步声惊飞，偶尔还能看见刺竹林里松鼠忙碌地跳跃，我们没有说什么话，只是无声默默前行，一直走到黑肚大溪，爸爸背负我涉过水的对岸，突然站定，回头怅望迅急流去的溪水，隔了一会儿说：

"弟弟已经死了，不要再想他。"

"爸爸今天带你去过火，就像刚刚我们走水过来一样，你只要走过火堆，一切都会好转。"

爸爸看到我茫然的眼神，勉强微笑说：

"只不过是一个小小的火堆罢了。"

我们又开始赶路，我侧脸望着母亲手挽花布包袱的样子，她的眼睛里一片绿，映照出我们十几年垦拓出来的大地，两只眼睛水盈盈的。

我走得慢极了，心里只惦想着家里养的两只蓝雀仔，爸爸索性把我负在背上，越走越快，甚至把妈妈丢在远远的后头了。

穿过相思树林的时候，我看到远方小路尽头处有一片花花的阳光。

一个火堆突然莫名地闪过我的脑际。

抵达小镇的时候，广场上已经聚集了黑压压的人头，这是小镇十年一次的做醮，腾沸的人声与笑语嗡嗡地响动。我从架满肥猪的长列里走过，猪头张满了蹦起的线条，猪口里含着鲜新金橙色的橘子，被剖开肚子的猪仔们竟微笑着一般，怔怔地望着溢满欣喜的人群。

　　广场的左侧被清出一块光洁的空地，人们已经围聚在一起，看着空地上正猛烈燃烧的薪材，爸爸告诉我那些木材至少有四千斤，火舌高扬冲上了湛蓝的天空，在哗哗剥剥的材裂声中我仿佛听见人们心里狂热的呼喊，人人的脸蛋都烘成了暖滋滋的新红色。两个穿着整齐衣着的人手拿丈长的竹竿正挑着火堆，挑一下，飞扬起一阵烟灰，火舌马上又追了上来。

　　一股刚猛的热气扑到我脸上，像要把我吞噬了。妈妈拉我到怀中，说："不要太靠近，会烫到。"正在这时，广场对角的戏台咚咚锵锵地响起了锣鼓，扮仙开始，好戏就要开锣了。

　　咚咚锵锵，咚咚锵，柴火慢慢小了，剩下来的是一堆红彤彤的火炭，裂成大大小小一块块，堆成一座火热的炭山。我想起爸爸要我走火堆，看热闹的心情好像一下子被水浇灭了。

　　"司公来了！司公来了！"人群里响起一阵呼喊，壅塞的人群眼睛全望向相同的方向，一个身穿黑色道袍头戴黑色道帽的人走来，深浓的黑袍上罩着一件猩红色的绸缎披肩，黑帽上还有一枚鲜红色的帽粒。

　　人群让开一条路，那个又高又瘦的红头道士踏着八卦步一摇一摆地走进来，脸庞像一张毫无表情的画像。

　　人们安静下来了。

　　我却为这霎时的静默与远处噪闹的锣鼓而微微地

颤抖。

红头道士做法事的另一边，一个赤裸上身的人正颤颤地发抖，颤动的狂热使人们的目光又望向他，爸爸牵我倚过去，他说那是神的化身，叫做童乩。

童乩吐着哇哇不清的语句，他的身侧有一个金炉和一张桌子，桌上有笔墨和金纸。他摇得太快，使我的眼睛花乱了，他提起笔在金纸上乱画一遍，有圈、有钩、有直，我看不出那是什么。爸爸领了一张，装在我的口袋里，说可以保佑我过火平安，平安装在我的口袋里便可以安心去过火了。

呜——呜——呜！呜！

远远望去，红头道士正在木炭堆边念咒语，烟雾使他成为一个诡异的立体，他左手持着牛角号，吹出了低沉而令人惊撼的声音。右手的一条蛇头软鞭用力抽打在地上，发出啪啪的响声，鞭声夹着号角声，人人都被震慑住了。

爸爸说，那是用来驱赶邪鬼的。

后来，道士又拿来一个装了清水的碗和盛满盐巴的篮子，他含了一口水，噗一声喷在炭上，嗤——一阵水烟蒸腾起来，他口中喃喃，然后把一篮盐巴遍撒在火堆上。

三乘小轿在火堆旁绕圈子，有人拿长竹竿把火堆铺成一丈长四尺宽的火毡，几个精壮的汉子用力拨开人群，口里高呼着：

"请闪开，过火就要开始了。"

三乘小轿越转越快，转得像飞轮一样。

妈妈紧紧抱我在怀中。

三乘小轿的轿夫齐声呼喝，便顺序跃上火毡，嗤一声，我的心一阵紧缩，他们跨着大步很快地从火毡上跑过去，着地的那一刻，所有人都从梦般的静默里惊呼起来，一些好事的人跑过去看他们的脚，这时，轿夫笑了。

"火神来过了，火神来过了。"许多人忍不住狂呼跳叫。

红头道士依然在火堆旁念着神秘的不可知的像响自远天深处的咒语。

过火的乡人们都穿着一式的汗衫短裤，露出黧黑而多毛的腿，一排排的腿竟像冒着白烟，蒸腾着生命的热气。

那些腿都是落过田水的，都是在炙毒的阳光和阴诈的血蛭中慢慢长成，生活的熬炼就如火炭一直铸着他们——他们那样的兴奋，竟有一点去赶市集一样，人人面对炭火总是有些惊惶，可是老天有眼，他们相信这一双肉腿是可以过火的。

十二月天，冷酸酸的田水，和春天火炙炙的炭火并没有不同，一个是生活的历练，一个是生命的经验，都只不过是农人与天运搏斗的一个节目。

轿子，一乘乘地采取同样的步姿，夸耀似的走过火堆。

爸爸妈妈紧紧牵着我，每当嘶的声音响起，我的心就像被铁爪抓紧一般，不能动弹。

司锣的人一阵紧过一阵地敲响锣鼓。

轿夫一次又一次将他们赤裸的脚踝埋入红艳艳的火毡中。

随着锣鼓与脚踝的乱蹦乱跳，我的心也变得仓惶异常，想到自己要迈入火堆，像是陷进一个恐怖的海上噩梦，抓不到一块可以依归的浮木。

一张张红得诡谲的玄妙的脸闪到我的眼睫来。

我抓紧爸妈微微渗汗的手，思及弟弟在天地的风景中永远消失的一幕，他的脸像被火烤焦的紫红色，头一偏，便魔呓也似的去了，床侧焚烧的冥纸耀动鬼影般的火光。

在火光的交迭中，我看到领过符的乡民一一迈步跨入火堆。

有的步履沉重，有的矫捷，还有仓惶跑过的。

我看到一位老人背负着婴儿走进火堆，他青筋突起的腿脚毫不迟疑地埋进火中，使我想起庙顶上红绿交糅的庄严画像。爸爸告诉我，那是他重病的小儿子，神明用火来医治他。

咚咚锵锵，咚咚锵。

远处的戏锣和近处的锣鼓声竟交缠不清了。

"阿玄，轮到你了。"妈妈用很细的声音说。

"我——我怕。"

"不要怕，火神来过了，不要怕。"

爸妈推着我就要往火堆上送。

我抬头望望他们，央求地说："爸，妈，你们和我一起走。"

"不行。只有你领了符。"爸爸正色道。

锣声响着。

火光在我眼前和心头交错。

爸妈由不得我，便把我架走到火堆的起点。

"我不要，我不要——"我大声号哭起来。

"走，走！"爸爸吼叫着。

"我不要——"

"妈——"

我跪了下来，紧紧抱住妈妈的腿，泪水使我什么都看不见了。

"没出息。我怎么会生出这种儿子，给我现世，今天你不走，我就把你打死在火堆上。"爸爸的声音像夏天午后的西北雨雷，嗡嗡响动，我抬头看，他脸上爬满泪水，重重把我摔在地上，跑去抢起道坛上的蛇头软鞭，啪一声抽在我身旁的地上，溅起一阵泥灰。

"我打死你！我打死你！林姓的祖先做了什么孽，生出这样的孩子，我打死你。让你去和那个讨债的儿子做堆！"我从来没有看过爸爸暴怒的面容，他的肌肉纠结着，头发扬散如一头巨狮。

"你疯了。"妈妈抢过去拦他，声音凄厉而哀伤。

红头道士、轿夫们、人群都拥过来抓住爸爸正要飞来的鞭子。

锣也停了。

爸爸被四个人牢牢抓住，他不说话，虎目如电穿刺我的全身。

四周是可怕的静寂。

我突然看见弟弟的脸在血红的火堆中燃烧，想起爸爸撑着猎枪掉泪的面影和他辛苦荷锄的身姿，我猛地站起，对爸爸大声说："我走，我走给你看，今天如果我不敢走这火堆，就不是你的团仔。"

锣声缓缓响起。

几千只目光如炬注视。

我走上了火堆。

第一步跨上去，一道强烈的热流从我脚底蹿进，贯穿了我的全身，我的汗水和泪水全滴在火上，一声嗤，一阵烟。

我什么都看不见，仿佛陷进一个神秘的围城，只听到远天深处传来弟弟轻声的耳语："走呀！走呀！"那是一段很短的路，而我竟完全不知它的距离，不知它的尽处，相思林尽头的阳光亮起，脚下的火也浑然或忘了。

踩到地的那一刻，土地的冰凉使我大吃一惊，唬——一声，全场的人都欢呼起来，爸爸妈妈早已等在这头，两个人抢抱着我，终于号啕地哭成一堆。打锣的人戏剧性地欢愉地敲着急速的锣鼓。

爸爸疯也似的紧抱我，像要勒断我的脊骨。

那一天，那过火的一天，我们快乐地流泪走回家。

到黑肚大溪，爸爸叫我独自涉水。

猛然间，我感到自己长大了。

童年过火的记忆像烙印一般影响了我整个生命的途程，日后我遇到人生的许多事都像过火一样，在启步之初，我们永远不知道能否安全抵达火毯的那一端，我们当然不敢相信有火神，我们会害怕、会无所适从、会畏惧受伤，但是人生的火一定要过、情感的火要过、欢乐与悲伤的火要过、沉定与激情的火要过、成功与失败的火要过。

我们不能退缩，因为我们要单独去过火，即使亲如父母，也有无能为力的时候。

水晶石与白莲花

在花莲盐寮海边，有一种石头是白色的，温润含光，即使在最深沉的黑暗中，它还给人一种纯净的光明的感觉。把灯打开，它的美就砰然一响，抚慰人的眼目。把它泡在水里，透明纯粹一如琉璃，不像是人间之石。

听孟东篱谈到这样的石头，我们在夜晚就去到了盐寮海边，在去的路上他说："这种石头被日本人搜购了很多，现在可能找不到了。"等我们到了盐寮，他一一敲开邻居的大门，虽然在夜里九点，但海滨乡间的居民都已经就寝了。听我们说明来意，孟东篱的第一个邻居把家里珍藏的水晶石用双手捧着出来说："只有这些了。"

数一数，他的手里只有八颗石头。

幸好找到第二个邻居，她用布袋提出一袋来，放在磅秤上说："十公斤，就这么多了。"

然后她把水晶石倒在铺了花布的地板上，哗啦一声，一地的琉璃，我们的惊叹比石头滚地的声音还要哗然。

我一向非常喜欢石头，捡过的石头少说也有数千颗，不过，这水晶石使我有一种低回喟叹的感受，在雄山大水的花莲竟然孕育出这许多透明浑圆、没有缺憾的石子，真是令人颤动的呀！

妇人说，从前的海边到处都是这种石头，一天可以捡好几公斤，现在在海边走了一天，只能拾到一两粒，它变得如此稀有，是不可思议的。

疑似水晶的石头原不产在海里，它是花莲深山的蕴藏，在某一个世代，山地崩裂，石块滚落海岸，海浪不断地磨洗、侵蚀、冲刷，使其成为圆而晶明的面目。

疑似水晶的石头比水晶更美，因为它有天然的朴素的风格，它没有凿痕，是钟灵毓秀的孕生，又受过海浪永不休止的试炼。

疑似水晶的石头使人想起白莲花，白莲花是穿过了污泥染着的试探，把至美至香至纯净的花朵高高托起到水面，水晶石是滚过了高高的山顶、深深的海底，把至圆至白至坚固的质地轻轻地滑到了海滨。

天地间可惊赞的事物不少，水晶石与白莲花都是；人世里可仰望的人也不少，居住在花莲的证严法师就是。

第一次见到证严法师，就有一种沉静透明如琉璃的感觉，这个世界上有些人不必言语就能给人一种力量，那种力量虽然难以形容，却不难感受。证严法师的力量来自于她的慈悲，还有她的澄澈，佛经里说慈悲是一种"力"，清净也是一种"力"，证严法师是语默动静都展现着这种非凡的力量。

她的身形极瘦弱，听说身体向来就不好；她说话很慢很慢，声音清细，听说她每天应机说法，不得睡眠，嘴里竟生了口疮；她走路很从容、轻巧，一点声音也无，但给人感觉每一步都有沉重的背负与承担；她吃饭吃得很少，可是碗里盘里不会留下一点渣，她的生活就像那样子一丝不苟。

有人问她："师父天天济贫扶病，每天看到人间这么多悲惨世相，心里除了悲悯，情绪会不会被牵动，觉不觉得苦？"

她说："这就像喜爱爬山的人一样，山路险峻，流血流汗，但他们一点也不觉得辛苦，对不想爬山的人，拉他去爬山，走两步就叫苦连天了。看别人受苦，恨不能自己来代他们受，受苦的人能得到援助，是最令我欣慰的事。"

我想，这就是她的精神所在了。慈济功德会的志业现在已经闻名遐迩，它也是近代中国最有象征性的佛教事业，大家也耳熟能详，不必赘述，我来记记两次访问证严师父，我随手记下的语录吧！

"这世间有很多无可奈何的事、无可奈何的时候，所以不要太理直气壮，要理直气和，做大事的人有时不免要求人，但更要自己的尊严。"

"未来的是妄想，过去的是杂念，要保护此时此刻的爱心，谨守自己的本分，不要小看自己，因为人有无限的可能。"

"人心乱，佛法就乱，所以要弘扬佛法，人心要定，求法的心要坚强。"

"医生在病人的眼里就是活佛，护士就是白衣大士，是观世音菩萨，所以慈济是大菩萨修行的道场。"

"这世界总有比我们悲惨的人，能为别人服务比被服务的人有福。"

"现代世界，名医很多，良医难求，我们希望来创造良医，用宗教精神启发良知，以医疗技术来开发良能，这就能创造良医。"

"我一开始创建慈济的时候是救穷，心想一定要很快消灭贫穷，想不到愈救愈多，后来发现许多穷是因病而起的，要救穷，就要先救病，然后才盖了医院。所以，要去实践，才知道众生需要的是什么。"

"不要把阴影覆在心里，要散发光和热，生命才有意义。"

"菩萨精神是永远融入众生的精神，要让菩萨精神永远存在这个世界，不能只有理论，也要有实质的表现。慈悲与愿力是理论，慈济的工作就是实质的表达，我们希望把无形的慈悲化为坚固的永远的工作。"

"一个人在绝境时还能有感恩的心是很难得的，一个永保感恩心付出的人，就比较不会陷入绝境。"

"每一分菩提心，就会造就一朵芳香的莲花。"

"当我决心要创建一座大医院时，一无所有，别人都告诉我那是不可能的，但我有的只是像地藏菩萨的心，这九个字给我很大的力量：我不入地狱，谁入地狱！"

"我得过几次大病，濒临死亡，我早就觉悟到人的生命不会久长，但每次总是想，如果我突然离开这世界，那么多孤苦无依的人怎么办？"

············

这都是随手记下来的师父说的话，很像海浪中涌上来的水晶石，粒粒晶莹剔透，令人感动。

师父的实践精神不只表达在慈济功德会这样大的机构，也落实在生活的每一个细节，她们自己种菜，自己制造蜡烛，自己磨豆粉，"静思精舍"一直到现在都还保有这种实践的精神。甚至这幢美丽素朴的建筑也是师父自己设计的，连屋上的水泥瓦都是来自她的慧心。

师父告诉我从前在小屋中修行，夜里对着烛光读经，曾从一支烛得到了开悟，她悟到了：一支蜡烛如果没有心就不能燃烧，即使有心，也要点燃才有意义，点燃了的蜡烛会有泪，但总比没有燃烧的好。

　　她悟到：一滴烛泪一旦落下来，立刻就被一层结出的薄膜止住，因为天地间自有一种抚慰的力量，这种力量叫"肤"。为了证验这种力量，她在左臂上燃香供佛，当皮被烧破的那一刹那，立即有一阵清凉覆盖在伤口上，那是"肤"。台湾话里，孩子受伤，妈妈会说："来，妈妈肤肤！"这种力量是充盈在天地之间的。

　　她悟到：生死之痛，其实就像一滴烛泪落下，就像受伤了，突然被"肤"。

　　她悟到：这世界无时无刻不在对我们说法，这种说法常是无声的，有时却比声音更深刻。

　　师父由一支蜡烛悟到的"烛光三昧"，想必对她后来的行事有影响，她说很喜欢烛光的感觉，于是她自己设计了蜡烛，自己制造，并用蜡烛和人结缘。从花莲回来的时候，师父送我五个"静思精舍"做的蜡烛。

　　回台北后，我把蜡烛拿来供佛，发现这以沉香为心的蜡烛可以烧十小时之久，并且烧完了不流一滴泪，了无痕迹，原来蜡烛包覆着一层极薄的透明的膜，那就是师父告诉我的"肤"吧！我站在烧完的烛台前敛容肃立，有一种无比崇仰的感觉，就像一朵白莲花从心里一瓣一瓣地伸展开来。

　　证严师父的慈济志业，三十余万位投身于慈济的现代菩萨，他们像蜡烛一样燃烧、散发光热，但不滴落一滴忧伤的泪，他们有的是欢欣的菩萨行。

他们在这空气污染、混乱浊劣的世间，像一阵广大清凉的和风，希望凡是受伤的跌倒的挫败的众生，都能立刻得到"肤肤"，然后长出新的皮肉。

他们以大悲心为油、以大愿为炷、以大智为光，要烧尽生命的黑暗，使两千万人都成为菩萨，使我们住的地方成为净土。

慈悲真是一种最大的力呀！

我把从花莲带回来的水晶石也拿来供佛，觉得好像有了慈济，花莲的一切都可以作为天地的供养，连"花莲"两个字也可以供养，这两个字正好是"妙法莲花"的缩写，写的是一则千手千眼的现代传奇，是今日世界的《观世音菩萨普门品》！

思想的天鹅

　　有时候我在想，人的思想究竟像什么呢？有没有一种具体形象的事物可以来形容我们的思想？

　　偶尔，我觉得思想像彩色的蝴蝶，在盛开的花园中采蜜，但取其味时，不损香色。而这蝴蝶不能在我们预设的花园中飞翔，它随风翻转，停在一些我们考察的花丛中，甚至让我觉得，那蝴蝶停下来时，有如一株花。

　　偶尔，我觉得思想犹如海洋，广大与深度都不可探测，在它涌动的时候，或者平缓如波浪，或者飞溅如海啸，或者反映蓝天与星光。只是，思想在某些时候会有莫名的力量，那像是鱼汛或暖流、黑潮从不知的北方到来，那可能就是被称为"灵感"的东西。

　　偶尔，我觉得思想像是《诗经》中说的"鸢飞戾天，鱼跃深渊"的鸢鸟或是鱼。上至飞鸟下至渊鱼，无不充满了生命力，无不欢欣悦怡，德教明察。鸢鸟的眼睛最锐利，可以在一千米以上的高空，看见茂盛草原中奔跑的一只小鼠；鱼的眼睛则永远不闭，那是由于海中充满了凶险，要随时改变位置。

　　不过，蝴蝶的翅力太弱，生命也太短暂；而海洋则过于博大而不能主宰；鸥鸟呢？太过强猛，欠缺温柔的性质；鱼则过于惊慌，因本能而生活。

　　如果给思想一个形象，我愿自己的思想像天鹅一样。天鹅的学名叫鹄，是吉祥的鸟，是"燕雀安知鸿鹄之志"中的那种两翼张开有六尺长的大鸟。它生长于酷寒的北方，能顺着一定的轨迹，越过高山大河到达南方的温暖之地。它既善于飞翔，又能安于环境，不致过分执着……天鹅有许多好的品性，它的耐力、毅力与气质，都是令人倾倒的，芭蕾舞剧《天鹅湖》中，对情感至死不渝的天鹅，不知道令多少人为之动容。

　　我愿意自己的思想浩大如天鹅之越过长空，在动荡迁徙的道路上，不失去温和与优雅的气质。更要紧的是，天鹅是易于驯养的，使我不至于被思想牵动，而能主引自己的思想，让它在水草丰美的湖滨自在优游。

　　据说，驯养天鹅有两种方法，一种是把天鹅的一边翅膀修剪，使它失去平衡不能起飞，它就会安住于湖边。另一种方法是，把天鹅养在一个较小的池塘里，由于天鹅的起飞，必须先在水中滑翔一段路途，才能凌空而去，若池塘太小，它滑翔的路程太短就不能起飞了。从前，欧洲的动物园用前一种方法驯养天鹅，后来觉得残忍，并且展翅的时候丑陋，所以现在都用后面的方法。

　　驯养思想的天鹅似乎不必如此，只要确立一个水草丰美的湖泊作为天鹅的家乡，让它既保有平衡的双翼（智慧与悲悯），也让它有广大的湖泊（清白的自信），然后就放心地让它展翅翱翔吧！只要我们知道天鹅是季候之鸟，不论它飞到哪里，它在心灵中永远不会忘记自己的家乡。经过数万里天空，在千灾万劫里流浪，终有一天，它会飞回它的家乡。

　　传说从前科举时节，凡是到京城应试的士子都要穿"鹄袍"，译成白话就是要穿"天鹅服"，执事的人只要看见穿白袍的人就会肃然起敬。因为那些穿着白衣的年轻孩子，将来会有许多位至公卿，是不可轻视的。佛教把居士称为"白衣"，称为"素"，也是这个意思。

　　思想的天鹅也像是身穿白袍的士子，纯洁、青春，充满了对将来的热望，在起飞的那一刻不能轻视，因为它会万里翱翔，主宰人的一生。

　　在我的清明之湖泊，有一只时常起飞的天鹅，我看它凌空而去，用敏锐的眼睛看着世界，心里充满对生命探索的无限热忱。我让那只天鹅起飞，心里一点不操心，因为我知道天鹅有一个家乡，它的远途旅行只是偶然的栖息，它总会飞回来，并以一种优雅温柔的姿势，在湖中降落。

河 的 感 觉

一

秋天的河畔，菅芒花开始飞扬了，每当风来的时候，它们就唱一种洁白之歌，芒花的歌虽是静默的，在视觉里却非常喧闹，有时会见到一颗完全成熟的种子，突然爆起，向八方飞去，那时就好像听见一阵高音，哗然。

与白色的歌相应和的，还有牵牛花的紫色之歌，牵牛花瓣的感觉是那样柔软，似乎吹弹得破，但没有一朵牵牛花被秋风吹破。

这牵牛花整株都是柔软，与芒花的柔软互相配合，给我们的感觉是，虽然大地已经逐渐冷肃了，山河仍是如此清朗，特别是有阳光的秋天清晨，柔情而温暖。

在河的两岸，被刷洗得几乎仅剩砾石的河滩，虽然长有各种植物，却以芒花和牵牛花争吵得最厉害，它们都以无限的谦卑匍匐前进。偶尔会见到几株还开着绒黄色碎花的相思树，它们的根在沙石上暴露，有如强悍的爪子抓入土层的深处，比起牵牛花，相思树高大得像巨人一样，抗衡着沿河流下来的冷。

河，则十分沉静，秋日的河水浅浅地、清澈地在卵石中穿梭，有时流到较深的洞，仿佛平静如湖。

我喜欢秋天的时候到砾石堆中捡石头，因为夏日在河岸嬉游的人群已经完全隐去，河水的安静使四周的景物历历。

河岸的卵石，实在有一种难以言喻之美。它们长久在河里接受刷洗，比较软弱的石头已经化成泥水往下游流去，坚硬者则完全洗净外表的杂质，在河里的感觉就像宝石一样。被匠心磨去了棱角的卵石，在深层结构里的纹理，就会像珍珠一样显露出来。

我溯河而上，把捡到的卵石放在河边有如基座的巨石上接受秋日阳光的曝晒，准备回来的时候带回家。

连我自己都不能确知，为什么那样地爱捡石头，这里面一定有什么原因还没有被探触到。有时我在捡石头突然遇到陌生者，会令我觉得羞怯，他们总用质疑的眼光看着我这异于常人的举动。或者当我把石头拾回，在庭院前品察，并为之分类的时候，熟识的乡人也会以一种似笑非笑的眼光看我，一个人到了三十六岁还有点像孩子似的捡石头，连我自己也感到迷思。

那不纯粹是为了美感，因为有一些我喜爱的石头经不起任何美丽的分析，只是当我在河里看到它时，它好像漂浮在河面，与别的石头都不同。那感觉好像走在人群中突然看见一双仿佛熟识的眼睛，互相闪动了一下。

我不只捡乡间河畔的石头，在国外旅行时，如果遇到一条河，我总会捡几粒石头回来做纪念。例如有一年我在尼罗河捡了一袋石头回来摆在案前，有人问起，我总说："这是尼罗河捡来的石头。"那人把石头来回搓揉，然后说："尼罗河的石头也没有什么嘛！"

石头捡回来，我很少另作处理，只有一次是例外，我在垦丁海岸捡到几粒硕大的珊瑚礁石，看出它原是白色的，却蒙上灰色的风尘，我就用漂白水泡了三天三夜，使它洁白得像在海底看见的一样。

我还有一些是在沙仑淡水河口捡到的石头，是纯黑的，隐在长着虎苔的大石缝中，同样是这岛上的石头，有的纯白，有的玄黑，一想到，就觉得生命颇有迷离之感。

我并不像一般的捡石者，他们只对石头里浮出的影像有兴趣，例如石上正好有一朵菊花、一只老鼠，或一条蛇，我的石头是没有影像的，它们只是记载了一条河的某些感觉，以及我和那条河相会面的刹那。但偶尔我的石头会出现一些像云、像花、像水的纹理，那只是一种巧合，让我感觉到石头在某个层次上是很柔软的，这种坚强中的柔软之感，使我坚信，在最刚强的人心中，我们必然也可看见一些柔软的纹理，里面有着感性与想象，或者梦一样的东西。

在我的书桌上、架子上，甚至地板上到处都堆着石头，有时在黑夜开灯，觉得自己正在河的某一处激流里，接受着生命的冲刷。

那样的感觉好像走在人群中突然看见一双仿佛熟识的眼睛，互相闪动了一下。

二

走在人群中看见熟识的眼睛，互相地闪动，常常让我有河的感觉。

我回来居住在台北的时候，会沿着永吉路、基隆路，散步到最繁华的忠孝东路去。我喜欢在人群里东张西望，或者坐在有玻璃大窗的咖啡店旁边，看着流动如河的人群。虽然人是那样拥挤，却反而给我一种特别的宁静之感，好像秋日的河岸。

对人群的静观，使我不至于在枯木寒灰的隐居生活中沦入空茫的状态。我知道了人心的喧闹，人间的匆忙，以及人是多么渺小有如河里的一粒卵石。

我是多么喜欢观察人间的活动，并且在波动的混乱中找寻一些美好的事物，或者说找寻一些动人的眼睛。人的眼睛是五官中最会说话的，它无时无刻不表达着比嘴巴还要丰富的语言，婴儿的眼睛纯净，儿童的眼睛好奇，青年的眼睛有叛逆之色，情侣的眼睛充满了柔情，主妇的眼睛充满了分析与评判，中年人的眼睛沉稳浓重，老年人的眼睛，则有历经沧桑后的一种苍茫。

与其说我是在杂沓的城市中看人，还不如说我在寻找着人的眼睛，这也是超越了美感的赏析的态度，我不太会在意人们穿什么衣裳，或者在意现在流行什么，或者什么人是美的或丑的，回到家里，浮现在我眼前的，总是人间的许许多多眼神，这些眼神，记载了一条人的河流的某些感觉，以及我和他们相会的刹那。

有时，见到两个人在街头偶然相遇，在还没有开口说话之前，他们的眼神就已经先惊呼出声，而在打完招呼错身而过时，我看见了眼里的轻微的叹息。

我们要了解人间，应该先看清众生的眼睛。

有一次，在统领百货公司的门口，我看到一位年老的婆婆带着一位稚嫩的孩子，坐在冰凉的磨石地板上乞讨，老婆婆俯低着头，看着眼前的一个装满零钱的脸盆，小孩则仰起头来，有一对黑白分明的眼睛，滴溜溜转着，看着从面前川流而过的人群。那脸盆前有一张纸板，写着双目失明的老婆婆家里沉痛的灾变，她是如何悲苦地抚育着惟一的孙子。

　　我坐在咖啡厅临窗的位置，却看到好几次，每当有人丢下整张的钞票，老婆婆会不期然地伸出手把钞票抓起，匆忙地塞进黑色的袍子里。

　　乞讨的行为并不令我心碎，只是让我悲悯，当她把钞票抓起来的那一刹那，才令我真正心碎了。好眼睛的人不能抬眼看世界，却要装成失明者来谋取生存，更让人觉得眼睛是多么重要。

　　这世界有许多好眼睛的人，却用心把自己的眼睛蒙蔽起来，周围的店招上写着"深情推荐"、"折扣热卖"、"跳楼价"、"最心动的三折"等等，无不是在蒙蔽我们的眼睛，让我们心的贪婪伸出手来，想要占取这个世界的便宜，就好像卵石相碰的水花，这世界的便宜岂是如此容易就被我们侵占？

　　人的河流里有很多让人无奈的世相，这些世相益发令人感到生命之悲苦。

　　有一个问卷调查报告，青少年十大喜爱的活动，排在第一位的竟是"逛街"，接下来是"看电影"、"游泳"。其实，这都是河流的事，让我看见了，整个城市这样流过来又流过去，每个人在这条河流里游泳，每个人上演自己的电影，在过程中茫然地活动，并且等待结局。

　　最好看的电影，结局总是悲哀的，但那悲哀不是流泪或者号啕，只是无奈，加上一些些茫然。

有一个人说，城市人擦破手，感觉上比乡下人擦破手还要痛得多。那是因为，城市里难得有破皮流血的机会，为什么呢？因为人人都已是一粒粒的卵石，足够的圆滑，并且知道如何来避免伤害。

可叹息的是，如果伤害是来自别人、来自世界，总可以找到解决的方法，但城市人的伤害往往来自无法给自己定位，伤害到后来就成为人情的无感，所以，有人在街边乞讨，甚至要伪装盲者才能唤起一丁点的同情，带给人的心动，还不如"心动的三折"。

这往往让人想到溪河的卵石，卵石由于长久地推挤，它只能互相地碰撞，但河岸的风景、水的流速、季节的变化，永远不是卵石关心的主题。

因此，城市里永远没有阴晴与春秋，冬日的雨季，人还是一样渴切地在街头流动。

你流过来，我流过去，我们在红灯的地方稍作停留，步过人行道，在下一个绿灯分手。

"你是哪里来的？"

"你将要往哪里去？"

没有人问你，你也不必回答。

你只要流着就是了，总有一天，会在某个河岸搁浅。

没有人关心你的心事，因为河水是如此湍急，这是人生最大的悲情。

三

河水是如此湍急，这是人生最大的悲情。

我很喜欢坐船。如果有火车可达的地方，我就不坐飞机，如果有船可坐，我就不搭火车。那是由于船行的速度，慢一些，让我的心可以沉潜；如果是在海上，船的视界好一些，使我感到辽阔；最要紧的是，船的噗噗的马达声与我的心脏和鸣，让我觉得那船是由于我心脏的跳动才开航的。

所以在一开航的刹那，就自己叹息：

呀！还能活着，真好！

通常我喜欢选择站在船尾的地方，在船行过处，它掀起的波浪往往形成一条白线，鱼会往波浪翻涌的地方游来，而海鸥总是逐波飞翔。

船后的波浪不会停留太久，很快就会平复了，这就是"船过水无痕"，可是在波浪平复的当时，在我们的视觉里它好像并未立刻消失，总还会盘旋一阵，有如苍鹰盘飞的轨迹，如果看一只鹰飞翔久了，等它遁去的时刻，感觉它还在那里绕个不停，其实，空中什么也不见了，水面上什么也不见了。

我的沉思总会在波浪彻底消失时沦陷，这使我感到一种悲怀，人生的际遇事实上与船过的波浪一样，它必然是会消失的，可是它并不是没有，而是时空轮替自然的悲哀，如果老是看着船尾，生命的悲怀是不可免的。

那么让我们到船头去吧！看船如何把海水分割为二，如何以勇猛的香象截河之势，载我们通往人生的彼岸。一艘坚固的船是由很多的钢板千锤百炼铸成，由许多深通水性的人驾驶，这里面就充满了承担之美。

让我也能那样勇敢地破浪、承担，向某一个未知的彼岸航去。

这样想时，就好像见到一株完全成熟的芒花，突然爆起，向八方飞去，使我听见一阵洁白的高音，唱哗然的歌。

让树转弯的方法

几个月前，孩子把种着木瓜树的花盆扳倒了，我把它摆正，过几天，发现阳台的木瓜树又扳倒了。

我把孩子叫来，问他为什么故意地扳倒木瓜树。

他说："爸爸，我在做实验呢！"

"什么实验？"

"我在实验让树转弯的方法，我读到一本书上说，树木有向光性和向上性，就想到如果利用这两种性质，可以使一棵树弯转。我就告诉同学说，我可以让一棵树转弯，他们都不相信，所以我来实验看看。"

本来我非常生气的，这时倒也十分好奇，说："好吧！这一棵木瓜树让你做实验，别的可不许实验喔！"

经过一段时间，木瓜树果然转弯了，成为一棵L形的树，我偶然瞥见时，就会感叹：多么神奇呀！

有一天，我又惊讶地发现L形木瓜树站起来了。问过儿子，他说："我还要让它转弯呀！如果向光向上的特性是不变的，这棵树还会转弯。"

后来我事情太忙了，就没有注意这件事，有一个星期三，孩子带了一堆同学回来，我问："怎么来这么多人？"

"他们要到阳台上看那一棵转弯的木瓜树呢！"孩子说。

于是，我随着一群小朋友跑到阳台上，真神奇，那棵木瓜树转了两个弯，呈N字形，小朋友都啧啧称奇。这确实非常有趣，是什么样的鬼脑筋，会想到让一棵树转弯的方法呢？

一个小朋友说："这个可以写下来，寄去给'脑筋急转弯'呢！"

孩子说："什么急转弯！急不得的，转一个弯就花了两个月呢！"

孩子七嘴八舌地讨论一阵子，就一哄而散了。我站在那棵转弯的木瓜树前面，想到改变之难，要让一棵树转一个弯都这么难，何况是去改变一个人！不过，我又想到虽然要使一棵树转弯并不容易，但如果能顺其本质，有足够的耐心，仍然有可为的，进一步说，如果能了解人的本质，转弯也是有可能的。

夜晚的时候，我独自站在阳台上看那棵转了两个弯的木瓜树，夜色清明，使我有一种说不出的感动。所有的植物都有向上生长和向光明生长的特性，即使我们把植物倒吊，它也会转弯长上去；即使我们把植物放在阴暗的角落，它也会向光明的地方探头伸臂——植物是不会堕落的，这一点甚至比很多的人类还要强。

所以向上、向光的植物是在证明它生长的意义，当一株植物不再向上或向光，就预示了生命的死亡。

那棵N字形的木瓜树虽然无言，但好像向我宣告着："不管你们给我转几个弯，只要我一息尚存，就会向上、向光明的地方生长。"

假如每一个人都有像植物那样单纯与坚强的心志，不与堕落妥协，不和黑暗共生，世间就会太平了。人有时不免会灰心无助，也会有失败的时刻，只要培养了像万物那样峥嵘的风格，就不容易被外在的环境所击倒了。

台湾有一句讲人在困境中不被打倒的话："雨伞虽破，骨格原在。"意思是说人要锻炼自己的人格、风骨，不要随风雨破落，失去自己的样子。

每次我走过一棵树时，看见一朵花时，想到作为人不要输给一棵树、一朵花呀！这时，禅师说的"青青翠竹皆是法身，郁郁黄花无非般若"就显得多么深刻，启发着我们。

五 字 神 咒

在美商银行当主管的侄女，最近突然迷上了水晶，家里摆了几个巨大的紫水晶洞，身上也随时带着几块水晶。

她谈起水晶头头是道，例如水晶可以带来财运，使人财运亨通；水晶可以改变磁场，去除人的霉气；水晶可以改善人缘，让人广结善缘等。由于她做过深入的研究，每次都讲得让人对水晶生起极大的兴趣，我每次都会开玩笑地说："简直可以去做水晶的推销员了。"

谈完水晶，侄女总会秀出她戴在手上的一串巨大茶晶念珠。由于她是女强人，戴一串这么巨大的手珠实在有一点不协调，就会有好奇的人问说："有在念咒吗？"

"有呀！我都是念五字神咒！"侄女说。

这时，大家的眼睛亮起来了，因为只听过"六字大明咒"，没有听过"五字神咒"的。

"五字神咒怎么念？"有人问。

侄女就会慢条斯理地说："五字神咒很简单，就是不断地念'大家都是人'！"

　　然后，侄女就解释说，在美商公司任职，工作非常紧张，压力很大，每次向美国主管工作报告时，连中文都不知道怎么说，何况还要讲英文。因此每次上台，就会先念着"大家都是人！大家都是人！"主管也是人，美国人也是人，念完后就不再紧张了，这五字神咒真的非常有效！

　　听到的人都忍不住哈哈大笑。

　　对呀！"大家都是人"是多么好的咒语，每天念几次，我们就不会被那些神通鬼怪的事迹所迷惑，也不会被装神弄鬼的人所蒙骗了。当我们念着"大家都是人"的时候，知道释迦牟尼、耶稣基督、穆罕默德、孔子、老子都是人，会使我们生起伟大的气概，有为者亦若是！

　　当我们念着"大家都是人"的时候，知道贫困者、卑微者、残障者也都是人，会使我们生起慈悲的胸怀，不起骄慢的心。

　　我们念一切的咒语不都是为了祈求，祈求让我们与神圣者同在吗？我们念一切的咒语不都是为了慈悲，悲悯那些苦难者而加以救度吗？所以，"我们大家都是人，我们都是一家人"，这乃是白话的大同世界哩！

　　真正进入了人与人间无我的状态，人与人之间磁场就顺畅了、命运就流动了、善缘就来集了，这粗鄙无文的世界也就化成水晶一样的琉璃世界了。

味 之 素

在南部，我遇见一位中年农夫，他带我到耕种稻子的田地。

原来他营生的一甲多稻田里，有大部分是机器种植，从耕耘、插秧、除草、收割，全是机械化的。另外留下一小块田地由水牛和他动手，他说一开始时是因为舍不得把自小养大的水牛卖掉，也怕荒疏了自己在农田的经验，所以留下一块完全用"手工"的土地。

等到第一次收成，他仔细地品尝了自己用两种耕田方式生产的稻米，他发现，自己和水牛种出来的米比机器种的要好吃。

"那大概是一种心理因素吧！"我说，因为他自己动手，总是有情感的。

农夫的子女也认为是心理因素，农会的人更认为这是不可能的，只是抗拒机器的心理情结。

农夫说："到后来我都怀疑是自己的情感作祟，我开始做一个实验，请我媳妇做饭时不要告诉我是哪一块田的米，让我吃的时候来猜，可是每次都被我说中了，家里的人才相信不是因为感情和心理，而是味道确有不同，只是年轻人的舌头已经无法分辨了。"

这种说法我是第一次听见，照理说同样一片地，同样的稻种，同样的生长环境，不可能长出可以辨别味道的稻米。农夫同样为这个问题困惑，然后他开始追查为什么他种的米会有不同的味道。

他告诉我——那是因为传统。

什么样的传统呢？——我说。

他说："我从翻田开始就注意自己的土地，我发现耕耘机翻过的土只有一尺深，而一般水牛的力气却可以翻出三尺深的土，像我的牛，甚至可以翻三尺多深。因此前者要下很重的肥料，除草时要用很强的除草剂，杀虫的时候就要放加倍的农药，这样，米还是一样长大，而且长得更大，可是米里面就有了许多不必要的东西，味道当然改变了，它的结构也不结实，所以它嚼起来淡淡松松，一点也不Q。"

至于后者，由于水牛能翻出三尺多深的土地，那些土都是经过长期休养生息的新土，充满土地原来的力量，只要很少的肥料，有时根本用不着施肥，稻米已经有足够成长的养分了。尤其是土翻得深，原来长在土面上的杂草就被新翻的土埋葬，除草时不必靠除草剂，又因为翻土后经过烈日曝晒，地表皮的害虫就失去生存的环境，当然也不需要施放过量的农药。

农夫下了这样的结论："一株稻子完全依靠土地单纯的力气长大，自然带着从地底深处来的香气。你想，咱们的祖先几千年来种地，什么时候用过化肥、除草剂、农药这些东西？稻子还不是长得真好，而且那种米香完全是天然的。原因就在翻土，土犁得深了，稻子就长得好了。"

是吧！原因就在翻土，那么我们把耕耘机改三尺深不就行了吗？农夫听到我的言语笑起来，说："这样，耕耘机不是要累死了。"我们站在农田的阡陌上，会心地相视微笑。我多年来寻找稻米失去的味道的秘密，想不到在乡下农夫的实验中得到一部分解答。

我有一个远房亲戚，在桃园大溪的山上种果树，我有时去拜望他，循着青石打造的石阶往山上走的时候，就会看到亲戚自己垦荒拓土开辟出来的果园，他种了柳丁、橘子、木瓜、香蕉和葡萄，还有一片红色的莲雾。

台湾的水果长得好，是尽人皆知的事，亲戚的果园几乎年年丰收，光是站在石阶上俯望那一片结实累累红白相映的水果，就够让人感动，不要说能到果园里随意采摘水果了。但是每一回我提起到果园采水果，总是被亲戚好意拒绝，不是这片果园刚刚喷洒农药，就是那片果园才喷了两天农药，几乎没有一片干净的果园，为了顾及人畜的安全，亲戚还在果园外竖起一块画了骷髅头的木板，上书"喷洒农药，请勿采摘"。

他说："你们要吃水果，到后园去采吧！"那一块是留着自己吃的，没有喷农药。

在他的后园里有一小块围起来的地，种了一些橘子、柳丁、木瓜、香蕉、芒果，还有两棵高大的青种莲雾等四季水果，周围沿着篱笆，还有几株葡萄。在这块"留着自己吃"的果园，他不但完全不用农药，连肥料都是很少量使用，但经过细心的整理，果树也是结实累累。果园附近，还种了几亩菜，养了一些鸡，全是土菜土鸡。

我们在后园中采的水果，相貌没有大园子那样堂皇，总有几个有虫咬鸟吃的痕迹，而且长得比较细瘦，尤其是青种的老莲雾，大概只有红色莲雾的一半大。亲戚对这块园子津津乐道，说是别看这些水果长相不佳，味道却比前园的好得多，每种水果各有自己的滋味，最主要的是安全，不怕吃到农药。他说："农药吃起来虽不能分辨，但是连虫和鸟都不敢吃的水果，人可以吃吗？"

他最得意的是两棵青种的莲雾，说那是在台湾已经快绝迹的水果了，因为长相不及红莲雾，论斤论秤也不比红莲雾赚钱，大部分被农民毁弃。"可是，说到莲雾的滋味，红莲雾只是水多，一点没有味道的；青莲雾的水分少，肉质结实，比红色的好多了。"

然后亲戚感慨起来，认为台湾水果虽一再改良，愈来愈大，却都是水，每一种水果吃起来味道没什么区别，而且腐败得快，以前的青莲雾可以放上一星期不坏，现在的红莲雾则采下三天就烂掉一大半。

我向他提出抗议，说为什么自己吃的水果不洒农药和肥料，卖给果商的水果却要大量喷洒，让大家没有机会吃好的、安全的水果，他苦笑着说："这些虫食鸟咬的水果，批发商看了根本不肯买，这全是为了竞争呀！我已经算是好的，听说有的果农还在园子里洒荷尔蒙、抗生素呢！我虽洒了农药，总是到安全期才卖出去，一般果农根本不管，价钱好的时候，昨天下午才洒的农药，今天早上就采收了。"

我为亲戚的话感慨不已，更为农民的良知感到忧心，他反倒笑了说："我们果农流传一句话，说'台北人的胃卡勇'，他们从小吃农药荷尔蒙长大，身上早就有抗体，不会怎么样的。至于水果真正的滋味呢？台北人根本不知道原味是什么，早已无从分辨了。"

亲戚从橱柜中拿出一条萝卜，又细又长一副营养不良的样子，根须很长大约有七八厘米，他说："这是原来的萝卜，在菜场已经绝种，现在的萝卜有五倍大，我种地种了三十年，十几年前连做梦也想不到萝卜能长那么大，但是拿一条五倍大的萝卜熬排骨汤，滋味却没有这一条小小的来得浓！"

每次从亲戚山上的果园菜园回来，常使我陷入沉思，难道我们要永远吃这种又肥又痴、水分满溢又没有滋味的水果蔬菜吗？

我脑子里浮现了几件亲身体验的事：母亲在乡下养了几只鹅，有一天在市场买芹菜回来，把菜头和菜叶摘下丢给鹅吃，那些鹅竟在一夜之间死去，全身变黑，是因为菜里残留了大量的农药。

有一次在民生公园，看到一群孩子围在一处议论纷纷，我上前去看，原来中间有一只不知道哪里跑出来的鸡。这些孩子大部分没看过活鸡，他们对鸡的印象来自课本，以及喂了大量荷尔蒙抗生素、从出生到送入市场只要四十天的肉鸡。

有一回和朋友谈到现在的孩子早熟，少年犯罪频繁，一个朋友斩钉截铁地说，是因为食物里加了许多不明来历的物质，从小吃了大量荷尔蒙的孩子怎能不早熟，怎能不性犯罪？这恐怕找不到证据，却不能说不是一条线索。

印象最深刻的是，二十年前，有人到我们家乡推销味素，在乡下叫做"鸡粉"，那时的宣传口号是"清水变鸡汤"，乡下人趋之若鹜，很快使味素成为家家必备的用品，不管是做什么菜，总是一大瓢味素撒在上面，把所有的东西都变成一种"清水鸡汤"。

我如今对味素敏感，吃到味素就要作呕。是因为味素没有发明以前，乡下人的"味素"是把黄豆捣碎拌一点土制酱油，晒干以后在食物中加一点，其味甘香，并且不掩盖食物原来的味道。现在的味素是什么做的，我不甚了然，听说是纯度百分之九十九的L-麸酸钠，这是什么东西，吃了有无坏处，对我是个大的疑惑。惟一肯定的是味素是"破坏食物原味的最大元素"。

"味素"而破坏"味之素"，这是现代社会最大的反讽。

我有一个朋友，一天睡眼矇眬中为读小学六年级的孩子做早餐，煮"甜蛋汤"，放糖时错放了味素，朋友清醒以后，颇为给孩子放的五瓢味素操心不已。孩子放学回来，却竟未察觉蛋汤里放的不是糖，而是味素——失去对味素的知觉比吃错味素更令人操心。

过度的味素泛滥，一般家庭对味素的依赖，已经使我们的下一代失去了舌头。如果我们看到饭店厨房用大桶装的味素，就会知道连我们的大师傅也快没有舌头了。

除了味素，我们的食物有些什么呢？硼砂、色素、荷尔蒙、抗生素、肥料、农药、糖精、防腐剂、咖啡因……我们还有什么可以吃，而又有原味的食物呢？加了这些，我们的蔬菜、水果、稻米、猪、鸡往往生产过剩而丢弃，因为长得太大太多太没有味道了。

生为一个现代人，我时常想起"吾不如老农，吾不如老圃"的话，不是我力不能任农事，而是我如果是老农，可以吃自种的米；是老圃，可以吃自种的蔬菜水果，至少能维持一点点舌头的尊严。

"舌头的尊严"是现代人最缺的一种尊严。连带的，我们也找不到耳朵的尊严（声之素），找不到眼睛的尊严（色之素），找不到鼻子的尊严（气之素）。嘈杂的声音、混乱的颜色、污染的空气，使我们像电影《怪谈》里走在雪地的美女背影，一回头，整张脸是空白的，仅存的是一对眉毛。在清冷纯净的雪地，最后的眉毛，令我们深深打着寒战。

没有了五官的尊严，又何以语人生？

第 三 面 佛

　　到泰国旅行，朋友带我去拜泰国人认为最灵圣的四面佛。

　　通常拜四面佛要从第一面佛顺时针方向拜过去，第一面是求平安，第二面是求财富，第三面是求情感，第四面是求事业。

　　住在泰国的朋友说："依照我的观察，一般人总是在第三面佛停留的时间最长，祈求得最诚心，可见在人间，感情是最大的难题呀！"

　　为了求证朋友的说法，我们拜完四面佛，就站在一旁看别人拜，果然，不论男女老少，在祈求情感和婚姻顺利的第三面佛前，总是伫立不动很久，表情非常虔诚。

　　人是因感情而投胎，感情因此是生命最大的难题。

　　离开四面佛时，我想，如果每个人都有朝拜四面佛时那虔诚祈愿的心，愿意花更多的时间在感情的理解，那情感的难题也可以解决不少吧！

留一只眼睛看自己

　　日本历史上有两位伟大的剑手，一位是宫本武藏，一位是柳生又寿郎。柳生是宫本的徒弟，也是他教导过的最好的弟子。

　　柳生又寿郎的父亲也是一名剑手，由于柳生少年荒嬉，不肯受父教专心习剑，被父亲逐出了家门，柳生于是独自跑到一荒山去见当时最负盛名的剑手宫本武藏，发誓要成为一名伟大的剑手。

　　拜见了宫本武藏，柳生热切地问道："假如我努力学习，需要多少年才能成为一流的剑手？"

　　武藏说："你全部的余年！"

　　"我不能等那么久，"柳生更急切地说，"只要你肯教我，我愿意下任何苦功去达到目的，甚至当你的仆人跟随你，那需要多久的时间？"

　　"那，也许需要十年。"宫本武藏说。

　　柳生更急了："呀，家父年事已高，我要他生前就看见我成为一流的剑手，十年太久了，如果我加倍努力学习，需时多久？"

"嗯，那也许要三十年。"武藏缓缓地说。

柳生急得都要哭出来了，说："如果我不惜任何苦功，夜以继日地练剑，需要多久的时间？"

"嗯，那可能要七十年。"武藏说，"或者这辈子也没希望成为剑手了。"

柳生的心里纠结了一个大的疑团："这怎么说呀？为什么我愈努力，成为第一流剑手的时间就愈长呢？"

"你的两只眼睛都盯着第一流的剑手，哪里还有眼睛看你自己呢？"武藏平和地说，"第一流剑手的先决条件，就是永远保留一只眼睛看自己。"

柳生又寿郎满头大汗地爆破疑团了，于是拜在宫本武藏的门下，并做了师父的仆人。武藏给他的第一个教导是：不但不准谈论剑术，连剑也不准碰一下。只要努力地做饭、洗碗、铺床、打扫庭院就好了。

三年的时光就这样过去了，他仍然做这些粗贱的苦役，而自己发愿要学习的剑艺一点开始的迹象都没有，他不禁对前途感到烦恼，做事也不能专心了。

三年后有一天，宫本武藏悄悄蹑近他的背后，给他重重的一击。

第二天，正当柳生忙着煮饭，武藏又出其不意地给了他致命的扑击。

从此以后，无论白天晚上，他都随时地预防突如其来的袭击，二十四小时若有不慎，便会被打得昏倒在地。

过了几年，他终于深悟"留一只眼睛看自己"的真谛，可以一边生活一边预防突来的剑击，这时，宫本武藏开始教他剑术，不到十年，他成为全日本最精湛的剑手，也是历史上惟一与宫本武藏齐名的一流武士。

这个故事里隐含了很深刻的禅意，禅者不应把禅放在生活之外，犹如剑手不应把剑术当成特别的东西。剑手在行住坐卧都可能遇到敌人的扑击，禅者也是一样，要随时面对生活、烦恼、困顿的扑击，他们表面安住不动，心中却是活泼灵醒能有所对应，那是由于"永远保留一只眼睛看自己"呀！

武士为什么要保留一只眼睛看自己呢？

因为武士的敌手是不确定的，在不对战的时候，他面对的不是敌人，而是自己，剑术不是独自存在的，而是自己的延伸。

虽然大部分的武士都花了很多年时间练了几百种招式，但在决斗的时候是没有时间思考招式的，只能用心去对应，不能驾驭自己的心，只记得招式的武士，是不可能得胜的。

因此，武士的心要保持流动的状态，不可停滞在固定的招数，因为对手的出击是不可预测的，当一个武士的心停在固定的招式，接下来就是死！

对禅者也是如此，我们生命面对的苦恼不是我们的敌人，而是自己的延伸，应该透过烦恼来认识自我；我们可能遍学一切法门，但必须深入某些法门，来对应生命的决斗；我们应该"无所住而生其心"，因为生活不能如预期，无常也不可预测，如果我们的心执着停滞了，那就是死路一条。

这些训练的开端就是"留一只眼睛看自己"！

不紧急却重要的事

与朋友约好清晨一起去爬山，下山后到家里喝茶。

清晨出发前，突然接到他的电话："因为公司里有紧急的事，无法一起去爬山了。"

我只好像往常一样，单独去爬山，在山顶最高处的石头上坐定，看到台北东区的滚滚红尘，即使是清晨，在街头奔驰的汽车已经像接龙一样拥挤，从山上看起来，就像蝼蚁出洞。

这一群群的人、一排排的汽车，想必都是为了紧急的事在奔赴的吧！相较起来，像登山、喝茶这些事，真的是太不紧急了。

我们为了太多紧急的事，只好牺牲看来不甚紧急的事，例如为了加班，牺牲应有的睡眠；为了业绩，牺牲吃饭时间；为了应酬，不能陪妻子散步；为了谋取职位，不能与朋友喝茶。

确实，紧急的事不能不做，奈何人生里紧急的事无穷无尽，我们的一生大半在紧急的应付中度过，到最后整个生活步调都变得很紧急了。

生命中有许多非常重要、却一点也不紧急的事。

像每天放松地静心，从容地冥想。

像愉快地吃一顿饭，品尝茶的芳香。

像在山林海边散步，欣赏山色与云的变化。

像听雨听泉听音乐，读人读爱读闲书。

像陪父母谈昔日温馨的往事，听孩子说童稚的笑语。

············

重要的事很多是说之不尽，却被紧急的事挤掉了空间，生命的空间有限，当全被紧急占满时，就像是一个停满了汽车、却没有绿地的城市。

绿地是重要的，汽车是紧急的。

大树是重要的，大楼是紧急的。

白云是重要的，飞机是紧急的。

知足是重要的，欲望是紧急的。

宽心是重要的，医院是紧急的。

一个人如果在一天里花八个小时在追逐衣食与俗事上，是不是也能花八十分钟来思考重要的事呢？如若不行，就从八分钟开始。

八分钟的觉悟、八分钟的静心、八分钟的专注、八分钟的放松、八分钟的忘我、八分钟的天人合一、八分钟的守真抱朴。

生命必会从这八分钟改变，每天的生活也就从容而有情趣了。

鞋匠与总统

被公认为美国历史上最伟大的总统林肯，在他当选总统那一刻，整个参议院的议员都感到尴尬，因为林肯的父亲是个鞋匠。

当时美国的参议员大部分出身望族，自认为是上流、优越的人，从未料到要面对的总统是一个卑微的鞋匠的儿子。

于是，林肯首度在参议院演说之前，就有参议员计划要羞辱他。

在林肯站上演讲台的时候，有一位态度傲慢的参议员站起来说："林肯先生，在你开始演讲之前，我希望你记住，你是一个鞋匠的儿子。"

所有的参议员都大笑起来，为自己虽然不能打败林肯却能羞辱他而开怀不已。

林肯等到大家的笑声歇止，他说："我非常感激你使我想起我的父亲，他已经过世了，我一定会永远记住你的忠告，我永远是鞋匠的儿子，我知道我做总统永远无法像我父亲做鞋匠做得那么好。"

参议院陷入一片静默里，林肯转头对那个傲慢的参议员说：

"就我所知，我父亲以前也为你的家人做鞋子，如果你的鞋子不合脚，我可以帮你改正它。虽然我不是伟大的鞋匠，但是我从小就跟随父亲学到了做鞋子的艺术。"

然后他对所有的参议员说："对参议院里的任何人都一样，如果你们穿的那双鞋是我父亲做的，而它们需要修理或改善，我一定尽可能帮忙。但是有一件事是可以确定的，我无法像他那么伟大，他的手艺是无人能比的。"说到这里，林肯流下了眼泪，所有的嘲笑声全部化成赞叹的掌声。

林肯没有成为伟大的鞋匠，但成为伟大的总统。他被认为最伟大的特质，正是他永远不忘记自己是鞋匠的儿子，并引以为荣。

当六祖慧能去拜见五祖弘忍的时候，弘忍问他说："你是哪里人？来我这儿求什么东西呢？"

六祖说："我是岭南人，只求向你学习佛法。"

弘忍笑说："你是岭南人，又是没有受过教化的蛮人，怎么能成佛呢？"

慧能说："人有南北之分，佛性却没有南北的差异；蛮人的身份与和尚的身份虽然不同，佛性究竟有何差别呢？"

弘忍暗中赏识，最后终于把衣钵传给这位岭南来的蛮子、自幼丧父的樵夫。

批评、讪笑、毁谤的石头，有时正是通向自信、潇洒、自由的台阶。

那些没有被嘲笑与批评的黑暗所包围过的人，就永远无法在心里点起一盏长明之灯。

咸也好，淡也好

　　一个青年为着情感离别的苦痛来向我倾诉，气息哀怨，令人动容。

　　等他说完，我说："人生里有离别是好事呀！"

　　他茫然地望着我。

　　我说："如果没有离别，人就不能真正珍惜相聚的时刻；如果没有离别，人间就再也没有重逢的喜悦。离别从这个观点看，是好的。"

　　我们总是认为相聚是幸福的，离别便不免哀伤。但这幸福是比较而来，若没有哀伤作衬托，幸福的滋味也就不能体会了。

　　再从深一点的观点来思考，这世间有许多的"怨憎会"，在相聚时感到重大痛苦的人比比皆是，如果没有离别这件好事，他们不是要永受折磨、永远沉沦于恨海之中吗？

　　幸好，人生有离别。

　　因相聚而幸福的人，离别是好，使那些相思的泪都化成甜美的水晶。

　　因相聚而痛苦的人，离别最好，雾散云消看见了开阔的蓝天。

可以因缘离散，对处在苦难中的人，有时候正是生命的期待与盼望。

聚与散、幸福与悲哀、失望与希望，假如我们愿意品尝，样样都有滋味，样样都是生命中不可或缺的。

当年高僧弘一大师，晚年把生活与修行统合起来，过着随遇而安的生活。有一天，他的老友夏丏尊来拜访他，吃饭时，他只配一道咸菜。

夏丏尊不忍地问他："难道这咸菜不会太咸吗？"

"咸有咸的味道。"弘一大师回答道。

吃完饭后，弘一大师倒了一杯白开水喝，夏丏尊又问："没有茶叶吗？怎么喝这平淡的开水？"

弘一大师笑着说："开水虽淡，淡也有淡的味道。"

我觉得这个故事很能表达弘一大师的道风，夏丏尊因为和弘一大师是青年时代的好友，知道弘一大师在李叔同时代，有过歌舞繁华的日子，故有此问。弘一大师则早就超越咸淡的分别，这超越并不是没有味觉，而是真能品味咸菜的好滋味与开水的真清凉。

生命里的幸福是甜的，甜有甜的滋味。

情爱中的离别是咸的，咸有咸的滋味。

生活的平常是淡的，淡也有淡的滋味。

我对年轻人说："在人生里，我们只能随遇而安，来什么品味什么，有时候是没有能力选择的。就像我昨天在一个朋友家喝的茶真好，今天虽不能再喝那么好的茶，但只要有茶喝就很好了。如果连茶也没有，喝开水也是很好的事呀！"

心里的天鹅

与孩子读童话故事《丑小鸭》，才知道天鹅是会飞的，而且是候鸟，可以飞越半个地球。

"那，现在的天鹅怎么不会飞呢？"孩子问我。

我跑到图书馆借了一本书《饲养天鹅的方法》，才知道事实的真相。

欧洲中古世纪的贵族，因为喜欢天鹅的姿态，认为天鹅是鸟类中的贵族，于是就想把天鹅养在自己的庄园里，来炫耀自己的财富和品味。

于是，他们捉到天鹅以后，用三个方法来使天鹅不能飞翔。

一是把天鹅双翼的羽毛剪掉一边，使天鹅失去平衡，不能起飞。

二是绑住天鹅的翅膀，使它无法张开翅膀而不能起飞。

三是由于天鹅起飞需要很大的湖泊起跑，如果缩短池塘的距离，天鹅失去起跑线，就飞不起来了。

前面的两种方法过于残忍，又会伤害天鹅优美的姿态，所以就普遍地使用第三种方法，久而久之，圈养天鹅就失去起飞的能力，甚至忘记自己也会飞翔了。那些原本能飞越大山大海的天鹅就成为贵族的宠物了。

有一次，我到瑞士旅行，在洛桑的湖里，看到一大群的天鹅，游到木桥边向游客乞讨食物，使我的心中充满感慨，这些在湖边乞食的天鹅，可知道自己的祖先曾经自由地飞翔吗？

古书里说："燕雀安知鸿鹄之志？"意思是说："像燕子麻雀这种小鸟，怎么能了解天鹅飞行的壮志呢？"这句话成为一种讽刺，因为燕子和麻雀依然在天空飞翔，天鹅却由于人类的私心，变成不能飞翔的鸟了。

我一直深信人的心里也有一只天鹅，可以任思想和创造力无边地飞翔，许多人受到欲望的捆绑，或在生活中被剪去飞行的壮志，或由于起飞的湖泊太小，久而久之，失去思想和创造的能力，也就失去自由和天空的心了。

自由地飞翔于天空，乃是一只鸟的天赋，不管是天鹅、孔雀或燕子、麻雀。

拥有思想的自由和无边的创造力，乃是一个人灵性的天赋，不管圣人或者凡夫俗子。可惜许多人被情欲所催迫，失去了灵台的清明了。

我想到日本的禅宗之祖道元禅师曾写过一首悟道诗：

空润透天，鸟飞如鸟。

水清澈地，鱼行似鱼。

天空多么开阔透明呀！鸟飞得像鸟一样。水是多么清澈见底呀！鱼游得像鱼一样。这看来简单的世界，其实隐藏着多么幸福的禅心呀！

鸟飞得像鸟，有鸟的尊严；鱼游得像鱼，有鱼的尊严；人活得像人，有人的尊严，这是文明世界最基本的格局了。

我喜欢天鹅那优美的线条和仪态，但我不希望天鹅是被养在池塘，我希望天鹅能张开翅膀，从我们的头上飞过，使我们可以望向广大的天空。

古人认为看到天鹅远方飞来（有鸿鹄飞至），生命里必然有好事发生，现代的人已经没有这种好事了！

黄昏的沙堡

有一群孩子在海边玩耍，他们用海边的沙堆成沙堡。

每一个孩子各自建造自己的城堡，有的盖得很大，有的很小；有的盖得很华美，有的很简单。不管是大是小是美是丑，孩子都很爱自己的城堡。

沙堡盖成的时候，孩子就向其他人宣布："这是我的城堡。"

有一个孩子破坏了另一个孩子的城堡，拥有城堡的孩子非常生气，立刻冲向前去打那破坏城堡的孩子，并且召唤其他的孩子一起参加打架，直到把那个孩子打倒在地。

由于人人都不准别人靠近自己的城堡，沙滩上不时传来这样的声音："这是我的城堡，我要永远拥有它。"

"世界上我的城堡最美，谁也比不上。"

"走开，别碰我的城堡！"

"你再走近一步，我就掐死你。"

偶尔也会传来叫骂和打架的声音。

那些孩子因为觉得自己的城堡最美，总是不能欣赏别人的城堡。

他们非常爱城堡，就以为那是真实的、永恒的城，忘记了那只是海边的沙子。

风雨吹坏了城堡，他们就怀恨风雨！

海浪冲倒了城堡，他们就咒骂海浪！

本来欢欢喜喜一起到海边盖城堡的孩子，为了保护和维持城堡，都变得紧张、愤恨、疲倦了，不再交谈、欢笑、拥抱了。

很快地，黄昏就来临了，太阳逐渐落向海面，天马上就要黑了。

孩子们都不自禁地想起自己的家，母亲煮的热腾腾的饭菜，不管多么喜欢城堡的孩子，也巴不得要回家了。

一个孩子首先踢倒自己的城堡，别的孩子也跟着踢坏自己的城堡，这时候，没有人在乎到底是自己还是别人的城堡了。因为，没有人可以把城堡带回家。

最后，他们又开始交谈和欢笑了，互相牵着手，头也不回地跑回家。

黄昏的海边，只剩下空荡寂寞的沙滩，还有倾颓破败的城堡。

夜里潮水涨了，海浪把所有的城堡推平，又变成沙滩。

第二天天亮的时候，没有人看得出昨天这里曾有许许多多城堡，也没有人记得有许多孩子为了这些城堡曾有过多么激烈的争吵。

在生命的界线中创建的许多城堡，看来真实，却是虚幻，只有平静的海滩才是开阔而永恒的存在。

大佛的鼻孔

有一位雕塑佛像的工匠，他的手艺远近驰名。

当他为一座佛寺雕刻的佛像落成的时候，方圆几里内的人们都跑来观礼，人人都为那座佛像的庄严伟大而赞叹不已。

只有一个穿着脏衣服的小孩，一边挖鼻孔，一边说："这佛像雕得不好！"

众人都回头看着孩子，孩子换了另一边的鼻孔挖着："这佛像真的雕得不好！"

大家就奇怪地问他："为什么雕得不好？"

小孩子说："这佛像的手指太粗、鼻孔太细，佛没有办法挖鼻孔。"

众人纷纷斥责孩子："小孩子懂什么，佛又不是孩子，怎么会挖鼻孔？""佛的鼻子怎么会痒？"

当大家议论完了，发现雕佛像的工匠不见了，由于太羞愧了，连庙里的工钱也没有拿。

这是我小时候听乡里老人说的故事，这故事有两个版本，另一个版本是那逃走的工匠后来发愤图强，终于成为闽南一带雕佛像的大师。

由于佛离开我们太久了，我们往往把佛神化，而忘记佛也是由人做起的，如果佛连自己的鼻孔都挖不到，还谈什么普度众生呢？

可惜，现在大部分工匠造的佛，都是自己挖不到鼻孔的。

摩顶松

　　玄奘法师将要到西域取经之前，住在灵岩寺，寺院前有一棵松树，玄奘有一天立在庭前仰望浩渺的云天，用手抚摩松树说："我马上要到西天去求佛法了，你从今天起可以向西长；如果我要回来的时候，你就向东长吧，使我的徒弟们知道我要回来了！"

　　然后，玄奘整装往西域出发，那时是唐太宗贞观元年。他走了以后那棵松树的枝干年年往西长，长到数丈长。有一年，弟子突然看到松枝向东边长，都说："师父要回来了。"于是群向西方迎拜。果然，那一年玄奘从西域回来，回到长安时是贞观十九年正月二十五日，整整十九年的岁月。

　　传记里说他回到长安城时"道俗奔迎，倾都罢市"，整个长安城全部来迎接玄奘大师，由于人太多了，"长安市政府"规定从朱雀街到弘福寺的门口，人都不准移动，以免互相践踏而受伤，可见当时欢迎的热烈景象。

　　但是，第一个欢迎玄奘回国的却是灵岩寺的那棵松树。后人为了纪念这棵松树的灵感，称这棵松树为"摩顶松"。玄奘的几部传记都记载了摩顶松的故事，像《神僧传》、《佛祖统纪》等书。

我很喜欢"摩顶松"的传说，它和释迦牟尼证道时所见到的晨星，同样有深刻的象征寓意，表达了玄奘感性的一面，以及在极坚固的志愿中，有着柔软的心。

想一想，玄奘从长安神邑出发，以印度的王舍新城为终点，长途跋涉达五万余里，来回十万余里，是一条多么漫长的道路。在《西游记》里虽然安排了孙悟空、猪八戒、沙悟净，使得玄奘的取经之路显得很热闹，但我们看玄奘的传记，发现事实并非如此，而是他孤独地走向陌生之旅，这里面如果没有金刚一样坚固的志愿，菩萨一样柔软的心肠，如何能至呢？

当他从印度取经回来，皇帝召见他时问他："你能到西方求法来惠利苍生，朕非常欣慰，但是朕一想到那山川的阻隔，风俗的不同，也为你能顺利来回感到惊讶呀！"

玄奘轻描淡写地说："奘闻乘疾风者，造天池而非远；御龙舟者，涉江波而不难。"

把那十万里的跋涉化成一缕轻烟，这是何等雄大的怀抱，玄奘以一介孤僧，所到之处都为人敬重，他在印度那烂陀寺时被选为通晓三藏的十德之一，在寺中宣讲《摄论》、《唯识抉择论》。后来，他会见了戒日王。国王邀他为论主，在曲女城召开一次大规模的佛学辩论大会，有五印度十八个国王、三千位大小乘佛教学者、两千位外道参加，由玄奘大师讲论，任人问难，但没有一个问题能问倒他，从此玄奘大师威震五印，被大乘行者称为"大乘天"，小乘行者称为"解脱天"。

这是玄奘传记中的几件小事，我们已经可以看出他是悲慧具足的高僧，对中国佛教有着不可磨灭的贡献。

我从小就很喜欢玄奘，原因是在《西游记》里，他是活生生的人物，另一个原因是我的名字有一个"玄"字，常常自我介绍时说不清楚，就说："是玄奘法师的玄。"听的人立刻就懂了。

比较不喜欢的是，在《西游记》里把玄奘写成了一个软脚虾，离开孙悟空的时候简直像白痴一样，任人摆布、任人宰割。其实在他的传记里，玄奘是一位智勇双全的修行者，有着许多神变与伏魔的记载，和《西游记》里的唐三藏真是大相径庭。还有，玄奘在西域印度各地都有极精彩的表现，各国国王均尊为"圣僧"，这在《西游记》里也都略而不提，真希望将来有时间，我能写一部《真西游记》！

在唐玄奘回国后，有一天唐太宗对群臣说："昔苻坚称释道安为神器，举朝尊之。朕今观法师词论典雅，风节贞峻，非惟不愧古人，亦乃出之更远！"

这段话出自皇帝的口，也是对玄奘这样千秋万古的人物一个恳切的评价了。